激流三勇士

李潼 著

曹泰容 繪

代序
故事的開端

賴以誠（李潼長子）

父親身為兒童文學作家，自然不會放棄「陪孩子讀書」或是任何講述床邊故事的機會，這一點眾所皆知，但殊不知他的床邊故事內容往往是由我和弟弟主導。

我們從來不愛虛構的「故事」，只愛聽父親講他童年或青年時期發生的「真正的故事」，而且必須要是「很好笑的」。通常，這種「很好笑的」故事，都來自他的軍中生活。

現在想來，這種床邊故事時間，對父親來說可能會有些難熬。因為我和弟弟實在對父親三年海軍艦艇兵的生活太有興趣，對那種發生在大海裡、軍艦上或港岸邊的故事充滿了想像……怒海中純男性的陽剛環境、水兵們粗魯誇張的語言和種種聲納、信號旗、海面浮出潛艇的描述，聽得我們不能自拔。自此，我和弟弟就像口述歷史採集小組，前仆後繼、左右夾攻，不斷壓榨他的軍中記憶，並且利用同樣的問題重覆詢問，以追求細節的完整，甚至將故事版本矛盾或不明處提出疑難，直到父親被反覆問答折磨得疲憊不堪，我們才說：「好吧！今天就先這樣，明天你再繼續講。」

雖然有作家父親多年的口述親授影響，而我在七歲以前不但無法揮筆成文，驚豔四座，且連「之無」二字都還不是很清楚，但我卻清楚的知道：當兵時，對長官要尊敬點，你才有假可以放；當兵時，你會被操得很累，記得要苦中作樂；當兵時，你也會很無聊，可以帶點書去看。吃飯時，為免向隅，第一次盛飯只先打半碗，兩口快速扒完後，飯鍋前的其他人才剛盛完首輪，這時正好去大肆搜刮……在軍中要如何過得怡然自得，不以物喜、不以己悲，當個識相的阿兵哥——我七歲以前就知道！

如今，我當的是一年的陸軍步槍兵，每當疲累苦悶時，還會想到父親的床邊故事。想到他說過海軍水手在船上充分感受海風、海鹽和暈吐的催蝕；我的陸軍體驗則是抓著步槍在黃土、沙塵和石礫堆中匍匐。聽他說水手們日日敲著鐵銹，再幫老軍艦刷上厚厚的油漆叫做「阿婆抹粉」；而我們步槍兵或站、或跪的手榴彈投擲課程稱之為「丟芭樂」。他喜歡在黑夜的海上，獨自坐在信號臺值更，最佳良伴是鋼杯裡的泡麵和滿天星斗；我則喜愛在清晨裡，做操、掃地以後，迎向日出，看著朝雲準備吃早飯。如果說，父親的軍中生活能有翔鷗作伴、聆聽航海士的口笛，同時欣賞海豚躍出閃亮的海面；我至少也有麻雀作陪、聽軍歌廣播和看野狗嬉戲。

我在成功嶺，卻想著當年在太平洋軍艦上的父親。

父親於一九七四年入伍，左營受訓，於陽字號驅逐艦服役，一九七六年退伍。這段期間，也是他進行大量純文學閱讀與創作的開端。從白先勇到川端康成，無所不讀，十足文青。父親退伍後趕上民歌創作的列車，同時也注意到了臺灣本土的兒童文學領域。在當時鄉土文學論戰與黨外運動興起的年代，他很自然地將目光看向本土、人民與歷史，加之童年的成長經驗，開始創作具有土地意識、人文關懷與充滿孺慕之情的少年小說。因此，寫作於一九八一年的〈宛菁姊姊〉便是此一時期的創作。其中描寫到他軍旅生涯中熟悉的船舶與海港，以及之後在其他少年小說中活化運用的颱風、夜宴和火災等場景，甚至在小說中放入自己的民歌創作，如〈雞園〉和〈廟會〉等，堪稱是早期的置入型行銷。

而創作於同一時期、在一九八二年發表於明道文藝的作品〈爸爸的大斗笠〉，則是李潼第一篇刊登發表的少年小說，對於一位本土兒童文學家而言，這是他少年小說寫作履歷的開端。〈爸爸的大斗笠〉不只呈現出鄉土文學發展時期的懷舊、回歸與人文關懷主題，從山村場景的摹寫，斗笠等傳統物件的記錄，或是夾雜臺語的對話展現，到兩代間情感與文化對立的衝突，在在顯示出七〇年代鄉土文學論戰的時代氣氛。〈爸爸的大斗笠〉不但繼承了《龍園的故事》的場景設計與懷舊主題，並由此發展出《見晴山》的人物關係與情感特徵，因此，它既是《龍園的故事》的姊妹作，又是和《見晴山》與〈宛菁姊姊〉一同展現孺慕之情主題的系列作品。

之後，李潼以《天鷹翱翔》、《順風耳的新香爐》和《再見天人菊》連續三年獲得洪建全兒童文學獎第十一屆、十二屆、十三屆少年小說首獎，這是他在少年小說領域放手一搏的開端。而在《再見天人菊》之後，一九八七年創作了〈激流三勇士〉（原名〈螞蟻雄冰〉），故事中最有趣的部分在於：主要人物和《博士·布都與我》一樣都是由三劍客般關係緊密，勇於冒險的三名少年組成，並且結合了宜蘭地景的描寫，大洪水的情節衝突與水土保持等環保意識，與其後的《野溪之歌》有不少可相對應之處。

本書集結的三篇少年小說〈爸爸的大斗笠〉、〈宛菁姊姊〉與〈激流三勇士〉，在李潼的創作歷程中皆有不可磨滅的紀念價值，具有作者創作履歷的起始意義，作品承先啟後的關鍵，以及地方書寫系列的參照價值，它們都擁有判定李潼創作長路上不同目標、不同方位的起跑線意義。從起跑線跨出的第一步，不一定是邁得最大、最快的一步，但總是一個方向與一個目標的開端。父親創作之路的起步不算太早，但他愈跑愈快，愈跑愈自在，於是不捨停歇。

父親三年的海軍艦艇生活，是他潛入文學浩瀚大海的開端，而父親所敘述一切關於水兵、聲納與海盜式游法的床邊故事，則是我們聽故事的開端，也是我們小說閱讀的前哨站。沒有父親從小口述那些「好笑的」軍中故事，我無法在山中遙想大海，也無法聽著熄燈號入眠，卻夢見未曾聽過的海軍口笛……看見在黑夜的海上，年輕的父親坐在信號臺前的孤燈下，讀著海明威，然後抬頭對我一笑。

推薦序

清香的鳳梨抹上細細的鹽

許建崑（東海大學中文系副教授）

你不能不同意李潼是少年小說界的頂尖高手。上海兒童文學評論家洪汛濤給李潼寫過一張掛軸，鄭重其事的題上「臺灣少年小說第一筆」，李潼只好掛在書房一角，暗自欣賞，也暗自期許。

李潼的寫作道路

李潼為什麼能寫作？說來你也許不相信。高中以前，他書念得一塌糊塗。可是有許多機緣，讓他走上寫作之路。小時候為了讀報紙給阿公聽，他必須拚命去認識國字；為了要使敘述生動，一邊讀報，一邊得編造故事。十二歲時父親往生，舉家遷往臺中，他仍寄居花蓮三姊家中，等學期告一段落，才轉來臺中就讀。學校放暑假，為了節省房租，舉家移居竹山姑媽家，各自打工以換取金錢。後來又隻身前往羅東高工任職，透過政大空中補校完成了學業。孤獨無依、辛苦工作，使得李潼日後在作品中表現出渴望親情、刻苦犯難、努力奮鬥的心境；這也是他常常描述社會基層困頓的原因。

因緣際會，校園民歌剛剛盛行，他又遇到了生命中的佳人，詩興泉湧，撰寫許多膾炙人口的歌詞，如〈廟會〉、〈月琴〉、〈散場電影〉等近百首創作，奠定了修辭的工夫。〈外公家的牛〉獲得教育部文藝創作兒童散文獎，是他篤定走向兒童文學的起點。《天鷹翱翔》、《順風耳的新香爐》、《再見天人菊》連續三年獲得洪建全少年小說獎冠軍，是個堅實的里程碑。《博士．布都與我》獲得第十五屆國家文藝獎，讓他決定放棄學校工作，成為「正式」專業作家。他後來的作品，如《少年噶瑪蘭》、《望天丘》、《魚藤號列車長》，以及「臺灣的兒女」系列，一本好過一本，讓人讀後回味無窮。

也許因寫作過度勞累，引發疾病，李潼五十二歲就過世了。他的夫人祝建太老師幫他整理舊作，發現許多未出版的作品。有些是早年試筆之作；有些是為了參加徵文比賽書寫的幾則故事，因為局幅較小，沒有得獎的樣貌，被李潼放進了抽屜。現在，這些錯失出版機會的作品，因為故事簡練、人物群組較小、主題明確，反而成為國小學生初次接近少年小說最好的讀本。

小熊出版社這次選出他的三篇作品，分別是〈螞蟻雄冰〉（改名〈激流三勇士〉）、〈宛菁姊姊〉、〈爸爸的大斗笠〉，集為《激流三勇士》出版，正有這樣的特質。

苦難中的孩子早當家

就說〈激流三勇士〉，小彬、阿龍和阿標三人相約去泛舟，他們得自己砍竹子編竹筏，順流而下。沒想到遇到大雨沖刷，土壩崩塌了，他們連人帶筏，被捲入洪水中，載浮載沉，好不危險。危機早已暗示，小狗古力不斷低吠，只是他們沒有察覺。幾日陽光曝曬，使得乾涸的土壩更加貪婪的吸吮雨水。枯藤、腐葉、老樹枝又擱淺在水口處，使得水位更高，崩落的土石流更加恐怖。他們攀住輸電的鐵塔，才僥倖脫困。這段驚心動魄的災難，時間只有短短十五分鐘，李潼卻作了深刻的描繪。災後，阿龍拿出製作螞蟻雄冰的絕活，幫阿標一家人募款來重建家園。

〈宛菁姊姊〉呢？失去父親的宛菁，住在育幼院幫忙照顧小弟妹，因為主持正義，被石哥哥霸凌，她離開育幼院到臺北電玩店打工，卻一心記掛著育幼院的大大小小。故事以電玩店小流氓鬧場、思念失蹤前的父親與回憶育幼院的往事相互交叉，情節安排頗精采。

〈爸爸的大斗笠〉則描述失去母親的陳健平與父親相依為命，既嫌爸爸的斗笠醜，又擔心爸爸在田裡工作的安危。最後，健平跨過心中門檻，主動幫助爸爸解決困難。故事中，李潼還以阿昭父親參加母姊會的誇張形象，來襯托健平爸爸的謙遜與認份。

苦難中的孩子早當家。這幾個孩子的辛苦與努力，真令人心疼呢！

真實時空背景與細膩深情

李潼小說的時空背景，都可以找到如假包換的藍圖，與一般作家向壁虛造的鋪寫截然不同。所謂電火溪，就是蘭陽發電廠發電後的排水道，後來改名為安農溪。縣政府從天山農場到大洲分洪堰，共計十二公里，規畫出一條泛舟河道，他們肯定不知道李潼的〈激流三勇士〉，早已玩過這條河！

在鮮明的人物性格、精細情節、真實背景之外，李潼溫暖有情的筆調，更令人稱許。故事中，他原諒孩子的錯誤，鼓勵孩子重新站起來，無形中也提供了讀者省思與勵志的機會。正如李潼對喜愛食物的描寫，在清香的鳳梨抹上細細的鹽，更能品嘗出香甜；他的作品也充滿了這樣的滋味。

目錄

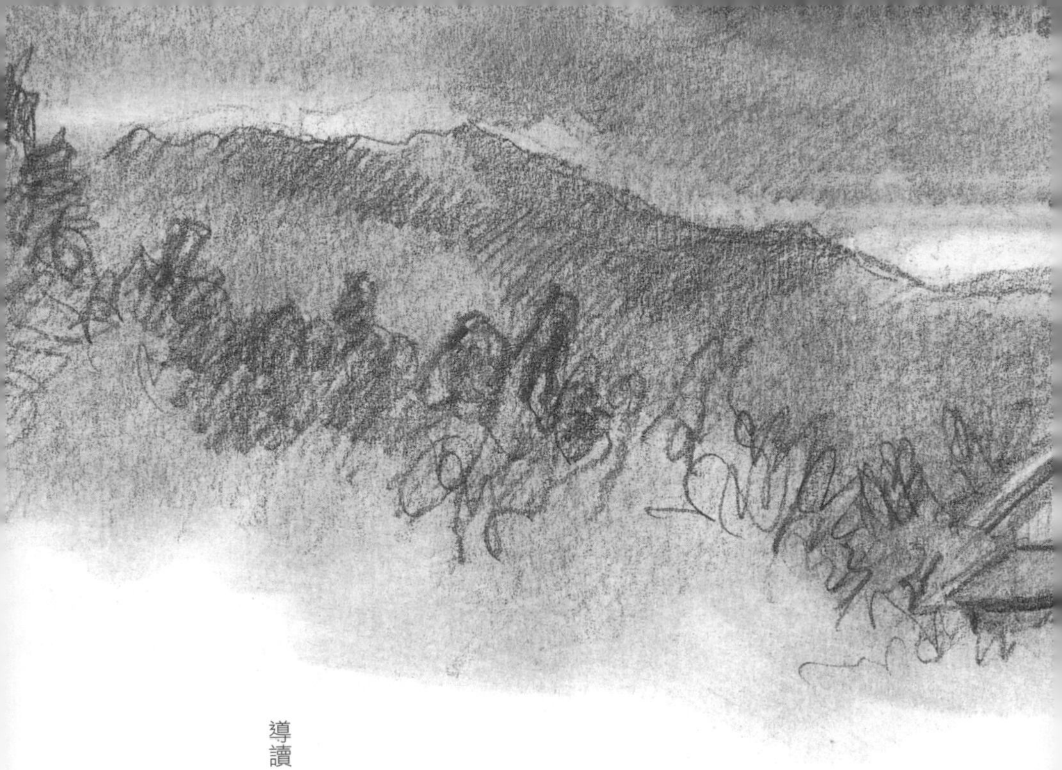

1987

激流三勇士

陳士龍愛蕭美芳

八月，正午的巷口寂靜無聲。風不來，樹影停止搖曳，麻雀和夏蟬也昏昏欲睡。

附近鄰居從圍牆伸展出去的桂花樹、九重葛和蓮霧樹把巷子拱成一座綠色隧道，陽光穿過樹蔭在磚牆、地上畫著小光圈，像是誰撒落的閃亮銅板。

熱浪從外面灌進來，一陣陣，一陣陣拂過臉頰，烘酥衣服，穿進全身的每個毛細孔。

阿龍靠在圍牆大門揉紙團，紙團的稜角起初不馴服的在他手裡蠕動，刺著他的掌心，阿龍再用力，原本溼濡的手掌冒出汗水，漸漸將那紙團軟化了；他用力握著，像握住一團碎布，這才鬆開手。

也不是這紙團裡寫著什麼讓他氣憤的字，那些無聊人寫著：「陳士龍愛蕭美芳」的字條，屢次空投進圍牆來，他頂多罵一句：「無聊」，沒怎麼生氣；還有寫家庭作業時無意中把「眼鏡」全都寫成「眼睛」，他擦擦塗塗，把紙張弄得烏雲密布，也是沒生氣。但這紙團倒楣，正巧碰上阿龍心裡不舒服，於是被揉得沒個好樣。

看著牆角一隻隻爬過的螞蟻，頭碰頭在土洞鑽進鑽出，阿龍仔細想想自己生氣、煩悶的理由：

是氣溫太高，比記憶中的任何一個暑假都熱，自己像一顆土豆，不只被烘得酥脆，連皮都要脫落了。

家裡的蟑螂太囂張，四處露面張鬚爬動。

今年的蓮霧不爭氣，長得太小又不甜，自動落地便宜了那些螞蟻。

暑假作業太多又不好玩，全是些溫習的東西。

巷道靜悄悄的，連巷外馬路也沒見人、車，好像防空警報演習，所有人都躲得沒蹤影。爸媽為什麼不多生幾個小孩，這樣才不會一個人孤零零守家。

有人說獨生子是寶貝，我是嗎？寶貝怎會是一個人孤零零在家，一副沒人要的樣子？

紙團在阿龍的左右手扔來跳去。他的雙手向來很靈巧，可以把原子筆在手心和手背間繞來轉去，耍出許多花樣。這紙團彷彿牽了線，在半空中不只跳得起勁，還能以各種弧線旋轉；阿龍玩弄著紙團，越扔越快，他看著玻璃窗上的影子，紙團像白球在玻璃銀幕上飛舞，居然也開心起來。

這時，巷口突然有個「唧——」的煞車聲。

藏在桂花樹、蓮霧樹上的夏蟬忽然鳴叫起來，也是這樣「唧唧唧——唧唧」地大叫。不知誰吵醒了誰，胡亂叫罵一場。

誰會在這種大中午騎單車出來找人？

阿龍手中的紙團，被凌空的一隻手從背後一把抓去。

「誰的怪手？」阿龍說。

他的反應還算敏捷，隨即將那隻手反抓下來，一扭一轉，半標準的擒拿術加上過肩摔就要施展開來。

那隻手的主人慘叫討饒，並且報出姓名，說：「我是小彬啦。你趕快把我放了，要是弄斷，我告訴你，你要賠我兩隻。」

「可以，讓你變成三隻手。」

「算了，紙團還你，你把我放開，我不看就是了。」小彬無奈地說。

兩人面對面互看一眼，不禁都笑出聲來。

阿龍看小彬像一個在土坑裡烤得焦黑的蕃薯，甚至可以聞到一股怪氣味。

小彬看阿龍仿如從熱鍋裡撈出來的紅蝦，被煮熟了，一頭一身的水珠還在滴滴落，掉在地上似乎還有熱氣。

「不要笑我，你不知屏東的太陽有多毒。」

小彬指著手臂，說：「這已經脫兩次皮。在屏東住一個月，墾丁也玩過了，小琉球也去了，實在想回羅東。我外婆一直留我，叫我再多玩幾天，但我想家，想好朋友。」

「你每次出門，哪次不是吵著想回來。」阿龍說。

小彬的眼皮眨個不停，說：「老實講，這次是跟我表妹鬧翻了。她樣樣都要指派我，我警告她好幾次，不聽，終於有一天我抗暴，跟她翻臉。

「她也不再理我，我只好捆行李回家，昨天外婆和我舅舅送我到車站，誰知道她又追來了，塞這包木瓜糖給我，還哭，很後悔的樣子。我故意保持微笑，讓她難過，看她以後敢不敢？」

「會不會太過分？」

「難道要我跟她一起哭？男兒有淚不輕彈嘛！」小彬挺胸揮手。

「我不是找你談這些的。我來，有三項重要的任務，第一、這包木瓜糖送給你當『等路』。第二、我非常想念你做的『螞蟻雄冰』，趕快做一盤請我吃。第三、等我們吃完冰，我帶你到一個地方消暑。」

「泡在龍目井游泳池？」

「猜錯了，我剛從游泳池繞過來的。那裡人擠人，一網撒下去可以撈起三十個人。」小彬說：「電火溪的『米酒甕』，我帶你去『米酒甕』。」

「沒聽過這地名，在哪裡？」阿龍將紙團在手指間盤盤繞繞，轉了幾趟煞住。

「拜託你不要再耍這紙團，我看得頭暈。」小彬湊近，探頭看著：「誰寫的字？」

攤開字團上寫著：

阿龍：

保險公司要媽到宜蘭開會，可能晚些回來；爸爸出差，今晚會到家，吃的東西都在冰箱裡。乖寶貝，自己照顧自己，好好看家，別亂跑。

媽媽

阿龍看一遍，又將字條揉成一團。

「你媽媽寫的？」小彬問道：「她還叫你乖寶貝。」

阿龍沒搭腔，把紙團塞進褲袋，取了木瓜糖咬一口，走進屋裡。小彬跟著，看他打開冰箱，又掏出碎冰塊和一些瓶瓶罐罐，看來都是做「螞蟻雄冰」的材料。

「螞蟻雄冰」是阿龍的拿手絕活，市面上的冰店吃不到，別人學著做，也做不了像他那麼好吃。

盤底鋪著去皮的花生米，疊上碎冰澆上煉乳，白色的煉乳上再灑黑芝麻，另外還有一種阿龍不肯透露的祕方。剛端出來的時候，黑芝麻密布，吃著吃著便全沉沒不見。

「阿龍，你生氣了。」

「沒生氣，只是不開心。」

阿龍慢條斯理製作「螞蟻雄冰」，說道：「『米酒甕』有多好玩？」又問：「你要吃大盤還是小盤？」

「當然要大盤的。」小彬吞口水，說道：「『米酒甕』是當地人在叫的。它是個溪谷，那裡有山有水，聽說溪水冰涼得不得了，像一座天然游泳池。」

「聽誰說的？」

「我家的大小姐，美芳親口說的。」小彬說。

「你妹妹去過了？」阿龍問。

「沒錯。她說騎腳踏車時速二十公里，等你汗流浹背的時候就到了。」

「不去，終生遺憾；去了，終生難忘。」小彬說完，擺了個歌仔戲書生上馬的動作，隨即唱了起來——

「陳公子，請您儘管放心，隨我放馬過去，彼處路頭雖然生疏，但憑你我各生一張伶牙俐嘴，多方向人探尋，要迷路，恐驚也難了。哎——哎哎——」

「你怎麼？去一趟屏東，就學了整本的歌仔戲？」阿龍不禁也笑開了，說：「我要看家，怎麼去？」

小彬唱了過癮，又比手畫腳說道：「你爹娘雙人和我爹娘同款，正忙於事業，白日不見影跡，天黑才會出現。你我趁此良機出外一遊，日落黃昏之前安然返家，便也神不知鬼不覺。哈——哈哈——爽快！」

阿龍一想，說得有理，好好一個假期悶在家裡，實在說不通。

「會不會有危險？」阿龍問。

「保證安全，要不然我的頭給你。」小彬用手拍自己的後腦勺。

「我要你的頭幹麼！」

兩人開心地吃著特製的「螞蟻雄冰」。阿龍聽說「米酒甕」那地方平順安全，居然有些失望，念頭一閃而過，他想：要是能發生個不大不小的意外，比如說給蛇咬一口、或從山坡滾下來扭了筋、還有像踩到流沙、給山猴追趕……之類的小災難，教小彬找救護車送去聖母醫院掛急診，讓爸媽急著趕過來……甜涼的「螞蟻雄冰」下肚，從舌頭一直涼到肚皮，精神也跟著提上來了，兩人拍掌，同時喊一聲：「走吧！不要囉嗦。」

阿標與古力

兩人嘻嘻哈哈朝著電火溪的方向出發。

出了小巷，他們一路快騎，靜止的空氣被他們的飛輪和歡樂的心情攪動起來，感覺有陣陣的風從頭頂掠過，雖然是溫熱的卻也聊勝於無。

電火溪堤防下的小路蜿蜒，阿龍和小彬快速騎去，沒見到一個人影。小路被濃密的芒草阻擋不通，他們於是轉到一條相思林夾道的碎石路，繼續前進。

車行到此處，農家漸漸稀少，一畦畦的稻田被土壤乾瘠的蕃薯田、花生田替代，景色看來有些荒涼。

碎石路的盡頭又回到電火溪堤防，堤防再過去是一條坡路，看看四周也只有這條路了。

陡峭的坡路騎不上去，阿龍和小彬只好下來推車。

「是不是從這條路走？」

「我小妹說，站在堤防上可以看見對岸山坡下有一戶農家，那就

是她同學的姨媽家，去問主人就知道『米酒甕』在哪裡？他們家養了一頭狗叫古力，很會叫的，牠會招呼我們過去。」小彬說。

「說得好，會不會咬我們？」

「大丈夫不怕狗咬。」小彬義正辭嚴說道。

在堤防向上游看過去，對岸的山坡下果然有一戶農家。農家前院種了一排修剪整齊的扶桑花，還有六棵高聳的檳榔樹，扶桑花下有一面垂直的土壁，土壁下便是遼闊的

電火溪了。

想像中的溪流上游，應該都是窄窄細細一道溪水，這電火溪上游可真特別，遠處有一泓大潭水，更遠的地方，有一道急降坡，白色的水花不斷灌入大潭。這地方當地人叫「米酒甕」，實在傳神。

站在堤防高處，仍然沒有一絲絲的風，陽光雖然稍稍減弱，然而悶熱的空氣愈發沉重。

陣陣熱浪從四面八方擁過來，汗水被擠壓風乾之後，不得不張開乾燥的口舌，這時候人看來像是一尾失水的魚，在岸邊喘著氣。

觀望著一泓清潭在遠方，非但沒有解渴，反倒像橫渡沙漠的人，看到泉水後，口渴的感覺一下子被壓迫到極限，難過極了。

「趕快過去討一杯水喝，我快受不了。」

「今年的夏天特別熱啊，我也從來沒有這麼渴過。」

兩人將腳踏車丟下，三步併作兩步奔下了溪床。溪床上沒有明顯的路跡通到對岸，巨大的卵石不規則的排列著，走兩步要抬頭對準方向，要不誰說不會在這一大片卵石的迷魂陣裡迷路了。

青山、碧潭、鵝卵石和一陣陣熱浪之外，這溪床岸上不遠處最引人注目的是有一座高聳如巨樓的輸電鐵塔，銀亮的電線像跟另一座輸電塔手牽手從山頂翻越過來，十分雄偉壯觀。

小彬的雙手放在額頭，仰望後讚歎道：「這麼高、這麼重的鐵塔怎麼跋山涉水的，電力公司的工程師真不簡單。」

「現在還有心情研究這個嗎？現在誰給我一杯水喝，才是最偉大的人。」口乾舌燥，手軟腳弱，想要放慢腳步卻又不行，被曝曬了一上午的卵石，就像是在烤的蕃薯一樣，熱氣烘著球鞋。

阿龍和小彬涉過一道淺水後，開始小跑步。在這邊是鬆軟的黃土泥沙地，鵝卵石全不見了，雖然滾燙卻平坦好走，跑不到十分鐘，便已到了山坡下。

農家的檳榔樹高高在上，底下的土壁其實並不垂直，微微的向內凹，讓農家看來彷彿半邊懸空，不太安全。

右邊山坡有一道石板階梯，曲曲折折地向上延伸。

阿龍和小彬走上階梯，來到農家寬闊的庭院。才剛走上來，突然聽到「汪——汪——」一陣吼叫，伴隨著一隻健壯的大狗衝出，把他們兩人嚇得跳高半公尺，跌坐在地上。

這條大狗毛色是黑白相間，黑的臉部在鼻樑中間長了一塊白毛，正好把兩邊臉平均分開來，乍看幾分像貓熊。

起先牠露出白森森的長牙，作勢要撲咬人，蓬鬆的尾巴翹得老高，眼露凶光叫個不停；但牠看見阿龍和小彬跌坐下去，卻不叫不動，露出長長的紅舌頭，彷彿在微笑。

小彬趕緊叫道：「古力——古力！」

古力聽見小彬叫牠的名字，驚訝極了，把頭撇向一邊，豎起耳朵。

阿龍跟著叫道：「古力——是我們呀，你家的客人。」

和古力對峙了好一會兒，還不見農家有人出來探望。小彬於是輕輕喚道：「有人在家嗎？」

沒人應聲。

小彬看看阿龍又看看停住不動的古力，於是說：「玩什麼空城計嘛——不管了，我們進去找水喝。阿龍，你先走。」

「不，一起吧。」

兩人小心翼翼地來到農家大門口，古力尾隨在後，一步步跟著。

大門半掩，輕輕一推便開了。

古力看見這兩位不速之客，有意硬闖，覺得不妙。等他們抬起前腿想跨進門檻時，古力又「汪汪汪」地大叫起來。

小彬和阿龍的前腿停在半空中，慢慢縮回來。

「古力，我們不會拿你家的東西，只是找水喝。水，水，你知道嗎？見死不救是很殘忍的事，你知道嗎？」小彬氣得大吼起來。

這時，古力忽然又大叫大嚷往前院跑去，阿龍和小彬跟過去，看到有個年紀和他們差不多的少年，正挑著一擔花生，從石板階梯一步步踩上來。古力繞著那少年身邊搖頭擺尾地打轉，回頭又向阿龍和小彬叫嚷。

那少年卸下滿滿兩畚箕的落花生，也不驚慌也不高興，摸摸古力的頭，替牠順順毛，兀自到屋後去喝了喝泉水。走出來後才說：「你們是住在火車站那邊的人？我叫阿標。」

少年說話聲音平板，像機器人說出來的。說完，從地上竹簍抓了一把帶殼的落花生，遞給阿龍，說：「請你吃。」然後一屁股坐在門檻上，邊擦汗邊剝花生，一顆顆花生往嘴裡送。

古力靠在他腿邊半蹲著，臉頰摩挲著少年的小腿，神情溫馴真像換了一條狗似的。

「好好的不待在家裡，跑來這裡受罪。」阿龍嘀咕著。

「受什麼罪？有泉水喝有花生吃，有吃有喝，怎麼叫受罪？」小彬說。

少年摘下頭上的斗笠搧了搧，突然一擲，那斗笠像飛盤一樣旋轉著，飛向扶桑花叢落在地上。

半蹲的古力一躍而起，飛速跑去，將斗笠輕輕啣回來，交給少年。

少年拿一顆花生請古力吃，古力當真喀喀地咬起來，一口吞下去。

阿龍和小彬看得嘖嘖稱奇，沒想到這條兇狗古力還有這把戲，沒想到牠還喜歡吃花生哩。兩人相互看著也笑開了。

一位頭上戴著斗笠，用花巾遮住半邊臉的婦人，這時從屋後的小路走過來。她挑著一擔鳳梨，肩上的扁擔被沉重的鳳梨壓得向兩邊彎垂。

她看見阿龍和小彬，又聽見一院子的笑聲，有些詫異。婦人取下了花巾，露出熱紅了的臉頰，才要開口，小彬就先說了：「我們是來『米酒甕』玩的。」又連忙說：「我的妹妹叫美芳，她來過好多次，說這裡多好玩多好玩。剛才我們上來討水喝，今天真的好熱……」

一位削瘦精壯的中年人，這時也從屋角轉出來，長相和阿標同一模樣，想必是阿標的爸爸。

他挑了一擔滿滿是鮮筍的竹筐，腰間繫著一個便當盒，步步有聲地踩過來，說道：「今天可真熱鬧呀！我在山後便聽見古力叫，又有笑聲，哪裡來的兩個小伙子？」

「他們是住在火車站那邊的人。」阿標說。

中年人哈哈大笑，那婦人也笑說：「綁兩條辮子的美芳，你還記得嗎？這個少年家叫小彬，就是美芳的哥哥，另外這個叫阿龍，從羅東來看我們的。」

婦人撿起兩顆鳳梨，又說：「自家裡種的，多得很，我去削削皮。」

「媽媽，我來削。」

阿標將鳳梨接去進到屋裡。中年婦人笑著說：「我們住在這麼偏遠地方，難得有人來。我家阿標沒有幾個朋友，請你們多教教他，對他多照顧。

「阿標三歲的時候，發了一場高燒，我和他爸爸都不在家，他自己爬著要到屋後喝水，在門檻外就昏倒了。他的腦筋被高燒燒壞，動作慢，講話也慢，你們可千萬別笑他。這孩子說來也乖，從小幫家裡做事，從來不叫一聲苦。」

阿標把黃澄澄的切塊鳳梨用盤子盛出來，鳳梨片散發著清香，上面還抹了細細的鹽。阿龍和小彬不多客氣，一連吃了好幾片。

小彬舔著嘴唇，喜孜孜說道：「天下第一鳳梨，吃了心曠神怡。」

阿標的爸爸一再打量他們兩人，瞧著阿龍說道：「我看這阿龍和美芳比較像兄妹。」逗得大家都笑。

「是我帶美芳她們去游泳、划船，我還教她們釣魚。『米酒甕』的溪哥魚很多，但是她們釣不到。這次我帶你們去，一定釣很多。」阿標得意地說。

「走，我們去釣一些回家煮魚湯。」小彬叫起來。

阿標的爸媽點頭同意，但是阿標的爸爸說：「看樣子要下雨了，你們別貪玩，雖然午後雷陣雨一陣子就過去，還是要小心。」

「打雷時找個地方躲一躲，別往樹下去。別想非釣到魚不可，玩玩便行了。我煮一鍋筍片湯請你們吃，竹筍脆嫩清甜，味道很不錯。另外家裡還有炒米粉，不嫌棄就一起來吃吧。」阿標的媽媽說。

肉絲、木耳、紅蘿蔔絲拌炒米粉，真是美味可口的家鄉味，加上一碗鮮甜的竹筍湯，補充了沿路騎車流失的汗水。農家親切簡單的招待，飽餐一頓的阿龍和小彬充滿了精神、活力。

阿標進屋拿了一支大柴刀、兩條麻繩掛在肩上，左手再提一捆釣魚線，說道：「我們走啦！」

激流三勇士

廣闊的電火溪仍然沒有山風吹動，灰黑的一大塊雲從山谷深處往外移動，籠罩在上空；溪床上蒸騰的熱氣散發不出去，顯得更加悶熱。

低沉的雷聲在山谷中敲打著，像喃喃自語的聲音，給清靜的山林添加一些動靜。阿標說：「夏天的午後天天都是這樣，不要緊。」

阿標、阿龍、小彬和古力不久便來到一池泓潭，這裡的溪水往日廣大遼闊，清澈見底，但是今天的水卻顯得有些黃濁。

古力在潭邊舔了兩口水，「噗通」一聲跳下水，標準「狗爬式」地游起來，半個身子浮在水上，四隻腳快捷有力地趴水，速度快得驚人，尾巴忽隱忽現，像玩得興起的人在向岸上的伙伴招手。

沿著急流的岸邊往裡走，夾岸的山壁越來越窄，一路上坡，奔騰的水花有

的淹過大石頭；有的碰擊石頭訇然作響，水花四濺處有一道淡淡的彩虹，像搭起了一座七彩橋。

山壁不斷有泉水滴落下來，落進後頸直竄背脊，涼得教人起雞皮疙瘩。

古力走在前面，三個人跟著牠來到一處岸邊長滿翠竹的平坦地帶。溪面寬敞許多，水流也和緩了。

阿標拿下肩上的麻繩，取柴刀到竹林砍伐。一棵棵麻竹相當粗壯，阿標說：「砍下來可以造一艘竹筏，我去砍。」

「不，不，讓我來試試看。」小彬說。

「我也要試。」阿龍興致勃勃地說。

阿標教他們先在竹子靠內側的地方砍下一塊小三角，另一邊砍一塊大三角，柴刀非常鋒利，刀刀深入竹心。阿標叫古力讓到一邊去，巨大的一棵麻竹，嗶剝作響，轟然一聲倒下！

山林中已不再像先前那樣悶熱，冰涼的水氣微微在水面上飄動，而更遠的山谷深處，山頭的烏雲卻有增無減，烏雲自四面八方簇擁而來。

竹林這塊平地卻久久不見雨滴，只聽見悶雷一聲聲響著。

「會不會下大雨？」阿龍問道。

「沒關係，西北雨一陣子就過去了，淋雨還比較涼快。」小彬應聲說道。

阿標抬頭看著天空的烏雲，沒有說話。

他們將多棵高大的麻竹砍成兩節。阿標教阿龍和小彬鋪好麻繩，再取較細的竹子當竹筏的橫桿，麻繩穿過竹子，交叉後伸出來在橫桿上再交叉一次，拉緊打結。

阿標繫綁竹筏的動作乾淨俐落。

小彬問：「阿標，你每天都要工作？」

「整理花生田，有時撿花生。我家的花生田很大很大，在『米酒甕』那邊的溪埔上，回去的時候，我帶你們去看。

「還有鳳梨園，就在山坡那邊，開始收成了；再從那邊走上去有竹林，大部分是我爸爸去蓋土，挖筍。我在看花生田，媽媽整理鳳梨園，有時候太忙了，大家就一起工作。」

「這麼辛苦！」阿龍說。

「收成的時候就不辛苦了。我們家的花生和鳳梨今年長得很好，賣了錢，我爸爸還要再蓋一間小屋子，讓我住。

「在我家我是第三辛苦的人，我爸媽出門最早，回家最晚，他們的身體不好，所以我要多做事。」

三個人捆綁著竹筏，邊做邊談。古力在他們四周走動，好像是一位監工，看誰做得最賣力，或誰偷懶，一一記在心裡。

一艘克難型的竹筏，不久便告完成。

阿標又去砍了三支細竹當撐竿，在平緩的水面可以撐滑前進；在激流中可以控制方向。

「出發了！我們是『激流三勇士』。各位觀眾朋友，本臺記者蕭文彬在電火溪上游為您做實況報導。我們將經過一段非常驚險的旅程，請您專心觀賞。最後我們將在『米酒甕』上岸，上岸前將要請這頭靈犬古力，為大家表演一段神速的狗爬式泳姿，謝謝大家。」小彬拿著撐竿當麥克風，煞有其事地報導著，山壁傳來他的回音，音響效果還真不壞。

這時，古力忽然狂吠大叫，三個人趕緊離開竹筏，四處觀望。山中多蛇，也許古力發現了大蟒蛇或青竹絲，他們巡視溪岸四周，沒看到什麼，而古力卻仍然叫個不停，尾音拖著長長的低嚎，很不尋常。

原本還清朗的竹林河岸，這時顯得迷濛了，山頭的烏雲密布，似乎隨時會降雨。

阿標說：「古力牠天不怕地不怕，就怕打雷下雨。」

古力逕自往岸上跑，邊跑又邊回頭，眼神露著驚慌，越叫越起勁。

三個人不明白古力害怕些什麼，叫著：「古力——回來，我們要走啦——」

古力聽到叫喚不敢邁步跑，還邊回頭，跑三步退兩步。阿標跑上前去抱牠，古力扭扭捏捏地在阿標懷裡不安分。

「下雨有什麼好怕的，古力真沒用！」小彬罵道。

阿龍聽古力仍舊不斷低嚎，覺得不妙，催促著說：「我們快走吧！這場大雨降下來恐怕聲勢驚人。」

「走！」三人上了竹筏，阿標用力一撐竹竿，竹筏划離溪岸，搖搖晃晃地轉向溪中央。阿龍和小彬一前一後，半彎腰，雙腳張開，也學阿標的樣，竹竿抵著溪底往後一撐，竹筏加速前進。

「激流三勇士」的旅程就這樣開始了。

洪水來了

電火溪最上游在中午時已大雨傾盆，雨滴像千萬支弓箭，一波波從烏雲中射下來。

直落溪面的雨滴被溪水帶走。落在山頭、山坡的雨滴則奔竄流動，夾泥帶沙匯聚成千百條小溝，隨坡流下。坡上殘留的枯枝、腐葉、乾藤也禁不住水流的牽扯流進電火溪。

這場雨不同平日的西北雨，來得急也去得快。這場大雨有颱風雨的架勢，雨量豐沛，加上雷公不斷的敲邊鼓，更是一發不可收拾。

原本被陽光烘乾的山坡碎石鬆動欲墜，成塊的黃土經過一早上的曝曬也鬆得像一塊塊酥餅。大雨來臨，它們如饑似渴地把雨水吸了個飽，覺得滿意後，大雨卻依然下個不停，大把大把地直灌而下，教它們吃不消。

一些碎石首先嘩啦啦崩塌，落在狹窄的溪中央。前幾天清晨一場短暫卻強烈的地震，將山坡那些飽脹雨水酥餅似的黃土塊震落，把乾藤、枯枝、殘葉一併帶走。

不斷崩塌的碎石越積越高，在溪床中築起一道石壩。起先，溪水還能從碎石縫中流出，等黃土落下後，石縫被堵滿，它們只有停下來觀望。

枯藤與枯枝層層疊在黃土碎石上，就像一條條堅韌的鋼筋，把這座規模漸漸增高、加大的碎石堆築得更堅固。山泉、溪水，大量的雨水被擋住了去路，把電火溪最上游匯聚成一座臨時水庫。

「激流三勇士」撐著竹筏向前駛去，溪水黃濁，忽深忽淺，兩岸的景色彷彿動畫片。他們半蹲在搖搖晃晃、高低起伏的竹筏上觀賞風景，覺得格外有趣。

溪水平緩，竹筏渡過散落在溪中的石頭，竹筏會自動順著水紋溜過去。

小彬說：「我們這艘竹筏有自動導航設備，我們可以躺下來欣賞風景，我想我小妹一定不敢躺在竹筏上，讓竹筏帶著走。」又問阿標說：「她有沒有一路哇哇叫？」

阿標點頭：「有。一路叫一路叫，古力也跟著她們叫，很吵人。」

「我就知道。美芳可以去替恐怖電影配音。」

古力半蹲在阿標腿邊，膽怯的眼神有增無減，不時低嚎一聲，似乎存心要掃大家的興。

阿龍問道：「古力不是坐過好幾次竹筏了嗎？怎麼這麼害怕？」

「不知道，古力好像有心事。」阿標說：「牠以前都是很高興的，今天不知道怎麼了，牠大概聽見什麼聲音吧。」

「說不定古力牙疼。」小彬說道。

「狗兒也會牙疼？」

「說不定是花生米塞在牙縫，檢查看看。」阿標把古力的嘴巴扳開，像牙科醫生一樣地檢查了一番，一無所獲，心裡更放心不下了。

躺在竹筏上的小彬咿咿唔唔唱起了〈船歌〉。

嗚喂——風兒呀吹動我的船帆，船兒呀隨著微風蕩漾，送我到日夜思念的地方——

〈船歌〉才唱了一半，古力又離開竹筏跑上溪岸，和先前一樣邊叫邊回頭，在石壁下找尋路跡要爬上山坡。

「大家看！」阿龍發現目光遠處的溪面，一道澄黃的溪水正流下來。這一道渾黃的溪水流過竹筏邊，水中還夾帶著腐朽的落葉，水漂過竹筏時，有的腐葉、雜枝不走，擱在竹筏邊，把竹筏裝飾成一艘怪裡怪氣的「花船」。

阿標也害怕了，看到電火溪出現這種渾黃的水，不知道要發生什麼事，只是心中隱隱覺得不妙。

阿龍和小彬將竹筏靠在巨石邊，阿標跑上岸再去抱古力上船。古力看見主人跑來，趴在岸邊不敢再往山坡跑，抱回竹筏時仍然不停地低嚎著。

「想走了？跟出來玩，還要使性子，古力，你煩不煩人？」小彬罵牠。

大雨一逕地在深山中狂落，石壩築到相當高時，該落的碎片都已落光，該流走的枯藤、枯枝也已流光，「臨時水庫」不再加高，而大雨不停，雨水仍然不斷聚集。「臨時水庫」內的水線加高了又加高，漫淹過石壩，沖刷而下。

對石壩來說，這一趟墜落溪谷，一半是身不由己；一半是一時興起，半推半就。原本也沒有大規模玩一次的意思，哪知道雨水喜歡湊熱鬧，呼朋喚友，一發不可收拾。聚集的洪水，停在石壩內，聚集也就罷了，偏偏不安分地蠢蠢欲動，磨肩擦踵，這怎麼受得了。

碎石原本脆弱，雖然有枯藤、殘枝來贊助，但也抵擋不住大水這般得意忘形的放肆啊。先有一撮碎石覺得累了，不好玩了，滾落下去，其他的石子也趁機撤走，跟著那一小撮碎石跑下去。

石壩頓時空了一道缺口，大水沒有依靠，嘩啦啦翻滾出去。所經之路，你推我擠，連被壓在最底下的碎石也全驚醒，幹麼？不玩了，不玩大家都不玩，散會總可以吧！就像玩得太久的「官兵抓強盜」，令人生膩，趁機叫喊：「回家啦！下次再來。」大家原本也有這個心意，因此一哄而散。

石壩底下的碎石一撤走，石壩便坍塌啦。巨大的洪水破壩而去，吵雜的叫喊聲聚集在一起，變成只有一種聲音「轟——轟轟——」

「激流三勇士」在竹筏上用力撐划，隨波逐流。

來到亂石灘前，阿標重新分配任務，他說：「我來站船頭，小彬看兩邊，阿龍到後面去。看到石頭，就用竹竿頂一下，不要讓竹筏撞上去。水越來越多了，要小心，不要害怕，一會兒就過去了。」

「現在幾點鐘？」小彬問道。

站在船尾的阿龍抬手看錶：「三點二十分十七秒。」

古力跟著阿標站在船頭，阿標擔心牠會掉下去，趕牠，古力硬是不肯，腳爪緊緊抓住竹筏。

「古力真不聽話，等一下讓你變成落水狗。」小彬又罵牠，古力回過頭來，「汪汪」回頂了兩句，還是緊貼著阿標的小腿不動。

古力豎尖了耳朵，聽見夾在雷聲裡的轟轟洪水聲，又開始不安地叫嚎著。

「古力別怕，很快就會過去的。」阿龍安慰牠。

小彬也說：「怕什麼？光叫叫叫，到『米酒甕』我

們可以游水游個過癮，別急。」

竹筏一沖上亂石灘，即刻激烈擺動，左轉右旋，沒有一秒鐘安定。竹筏像一張紙片，在渾黃的水面上下起伏，把站在船尾的阿龍彈得老高，阿標叫道：「坐下來，趕快坐下來。」

洪水的先頭部隊已經來到，原本露在水面的大石，這時全半隱半現的藏在水中，三個人只能利用它們浮現的一剎那頂一下石頭，讓竹筏避過。

竹筏不斷摩擦渾水中的石頭，「吱吱喀喀」地呻吟；但聽來更讓人害怕的是，被麻繩捆綁的竹筏好像要拆散一般，麻繩「拐——拐」叫著。

渾黃的溪水波濤洶湧，濺得「激流三勇士」全身溼透。古力幾次作勢要跳下水，小彬吆喝牠：「不准動，有福同享，有難同當，跑什麼跑！」

經過亂石灘的溪流後，接著來到「米酒甕」甕口的急降坡，也是最驚險的一段水程。水流加速，兩邊的景色模糊，竹筏像一艘失去控制的飛船，拚命向前飛去。

小彬一失手，竹竿被激流搶走，緊接著阿標和阿龍的竹竿也在碰撞中掉落溪流。竹筏瘋狂地甩動，似乎要將他們全部甩掉，阿龍和小彬嚇得面無血色，兩人都趴下來，雙手雙腳緊扣著竹筏，感覺天旋地轉，暈眩得想嘔吐。

阿標抱住古力，也退到竹筏中央，和小彬靠在一起。他們的眼睛像被水潑溼的鏡頭，拍不出清晰的照片，濛濛的只看到水花，以及不知何去何從的茫茫然。

破壩後的洪水像一個水城，從深谷中排山倒海而來。聲勢震動山谷，棲息山頂的鳥群，驚嚇得振翅急飛。洪水所經過的溪岸山壁，樹木被連根拔起；成塊的石壁像壁紙一樣被洪水撕裂，隱沒在溪流中。

洪水只有在溪谷轉彎的地方才小作徘徊，行速稍稍降低。千軍萬馬一停步，馬上又被後面擁來的軍馬推擠向前，行速稍慢些，但聲勢依然驚懾山林。生禽走獸倉惶四散。

急降坡成了墜崖大瀑布，「米酒甕」甕口像急射的消防隊水管，凌空一噴，枯藤、殘枝滾翻旋轉，被沖得老遠。

「激流三勇士」的竹筏也這樣被噴了出去。

求生十五分十二秒

阿標的爸媽在孩子走後，將落花生鋪散在前院廣場曝曬，又將鳳梨、竹筍堆進扶桑花叢旁的木寮倉庫。

眼前所見都是一年的辛苦收成。內心感謝天公作美，住在這荒郊野外，與世無爭，願望一如山林的單純，無非也是企盼風調雨順，一家平安。

單傳的兒子阿標，雖然談不上聰慧伶俐，但是忠厚純樸，這也是林家祖宗有德。

阿標的爸爸說過多少次：「這一年阿標長大了不少，孩子長大總想有自己的作息生活，雖然談不上獨立，不過一舉一動總不希望老有人干涉太多。」

「倉庫邊還有一塊空地，可以再蓋一間房，讓他住。看樣子今年的收成會很好，年底我就找人來搭建。明年春天阿標便可以住進去。」

阿標的爸媽在屋後的清泉池擦過冷水澡，兩人搬了小藤椅坐在門檻前，喝清茶，揮蒲扇。

「蓋個房間讓阿標自己住，我贊成。不過也別忘了留點錢買種子，留點錢急用。」阿標的媽說。

「這個我知道。」

「我們家阿標為人忠厚，長得也不壞，雖然動作慢些，說話不『輪轉』，但還是個好青年，要是能找個像美芳一樣的媳婦，該有多好。」

「你說到那裡去了，才十五歲，談什麼媳婦。」

「美芳要是不能當我們家的媳婦，當乾女兒也行。這女孩，我從心底喜歡。」阿標的媽媽仍絮絮叨叨說著。

悶雷斷斷續續在「米酒甕」上頭響著。阿標的爸爸覺得不安：「這陣雷怎麼敲這麼久？雨水恐怕不小，早知道別讓他們三個孩子去玩。」

阿標爸媽拿畚箕將曝曬了七分乾的落花生統統收起來，全放進倉庫去，免得大雨一來不好收拾。

從屋簷下看向遠山山頭，一大片烏雲格外清楚。厚重雲幕下降，大雨落下。

阿標的媽媽自言自語說：「阿標會看天，他應該知道躲雨，我信得過這孩子。」

夫妻倆在屋裡忙著家事，心頭總是煩躁鬱悶，坐立不安，也不知是氣候悶熱還是掛心孩子，就是不舒坦。

當阿標的爸媽再走出門檻往「米酒甕」的甕口看去，正好看見遠遠一艘竹筏從噴射的水柱中騰空而出。

竹筏上緊緊趴著三個人和一頭狗。

阿標的媽媽抓住自己的領口，慘叫一聲：「哎——呦——」往前奔去，人被扶桑花叢攔下。

阿標的爸爸緊追上去，摟住她，問道：「會是阿標他們嗎？會是他們嗎？」

騰空的竹筏遠看像一張飛氈，輕飄飄直飛滾滾濁流的「米酒甕」大潭。竹筏墜落潭水後潛入水中，久久不見。

再浮起時竹筏已經拆散，一根根麻竹各游各的方向，直到竹子流散，才看

到阿龍、小彬和阿標從水中出現。

阿標的爸媽眼看著三個孩子被大水沖擊，往輸電塔方向漂去，都大聲叫著：「阿標——阿標——」

兩人跑下石板階梯，卻也被洶湧的渾水趕上來，下半層的石板階梯已被渾水破壞，像個搖搖欲墜的懸梯。

阿標的爸媽看著被漂走的三個孩子，呼叫：「阿標——阿標——」洪水在階梯下轟隆，更遠處有更高的水牆排山倒海而來，震動山林，聲響是低沉而憤怒的。

阿標的媽媽緊緊拉住阿標的爸爸回頭走，才剛上了前院廣場，整座石板階梯被大水沖垮了。

當時趴在竹筏上凌空飛出的阿龍和小彬，茫然不知所措，只聽到阿標叫喊：「抓緊，抓緊！」

竹筏被洪水撞擊後的一段時間，三個人幾乎被猛烈的震動擊暈過去，直到口鼻被水灌進，才驚醒過來。從沉到水中到掙脫出水面，完全是本能的反應，不知道方向；不知道身在何處，只知道竹筏不見了；只知道自己在水中，被滾滾洪流往下游帶去。

手腳麻痺，全身虛脫，划水的動作是本能的；但身子前進的速度是水流的速度，而不是自己的力量能夠支使。

在過去的這一段時間裡，到過那裡？做了些什麼事？腦海裡破破碎碎記不清楚，唯一的念頭是：「我不能死，我不能死！」爸媽的音容笑貌在迷濛的水花中出現，招喚的聲音清晰地在轟轟水聲中出現。

跳動的景象中，阿標看見了一塊巨岩，若隱若現，他伸出雙手一抱，竟然抱住了，再一伸手，拎住小彬的後衣領。阿龍從他們身旁流過，眼睛睜亮了一下，張口卻無聲地流過。

抱住巨石的阿標和小彬，微弱地叫喚一聲：「阿龍——」

阿龍雙手一抱也攀住另一塊岩石。

嗆水。嘔吐。阿標、阿龍和小彬緩緩往岸邊輸電鐵塔的方向游。他們終於明白，洪水爆發了，「激流三勇士」在難以預測的時間遇上了電火溪的山洪爆發！不可名狀的大洪水來臨，只有往高處爬才是唯一生還的機會。一邊咳嗽、一邊嘔吐，他們終於游到溪岸往坡上爬——

洪水仍然浩浩蕩蕩不可阻擋，往兩岸拍擊，往輸電鐵塔衝去，往下游一路搜刮！

阿標的爸爸在扶桑花叢旁，看見三個孩子攀住岸上不遠的鐵塔。他感覺到腳底下震動，看見洪水巨流就要攻擊他們，忙叫道：「往上走！」馬上拖住阿標的媽媽往高處走。

阿標、阿龍和小彬攀爬到高聳的輸電鐵塔，鬆了一口氣。緊抱著鐵塔鋼架的阿標，想到家中的爸媽，而洪水就要侵襲家園，不禁大聲叫道：「爸媽跑到山上去，跑到山上去！」

不久，只見扶桑花、檳榔樹和倉庫在一瞬間連同崩塌的前院都被洪水傾倒了。

家，顫危危地懸在岸邊。

鐵塔上的人並沒有聽見岸上阿標爸媽的呼喊；岸上的人也沒有聽見鐵塔上的人驚叫，所有聲音都被穿越電火溪的洪水帶走。

洪水的高度在寬闊的「米酒甕」溪床陡降了一半，越往下游，聲勢漸漸減弱。大水來得急，也去得快，不久「米酒甕」上空又是雲淡風輕，陽光在藍天中出現，像是從一場惡夢中醒來，發現四周寂靜，人也迷糊了。

洪水來過的痕跡是，電火溪河床此刻濁流滾滾。阿標家的前院殘毀不堪，只留下住屋懸在山崖上。

阿龍再次抬手看錶——三點三十五分二十九秒。

這段驚心動魄的過程才過去十五分十二秒？真的嗎？

「阿龍，你還在嗎？」

「我很好。」

「小彬，你有沒有事？」

「身體都溼了，鞋子掉了一腳。」

「阿標，你好嗎？」

「我口袋的落花生都不見了。」

「……」

「……」

一群斑鳩飛來鐵塔看個究竟，站在高處鋼架上交頭接耳，談論個沒完。

這時，阿標發現濁流中古力游過來了，流水將牠往下游沖。古力低嚎著用力滑水，用力滑水……朝輸電鐵塔方向游來。

「古力——古力——」三個人興奮地呼喚古力。

古力以牠神速的狗爬式拚命划水前進。

阿龍、小彬和阿標爬下鐵塔，衝向溪岸向牠招手，「古力——古力，加油——」鐵塔上的斑鳩也趁機鼓譟。

古力游水漸漸接近岸邊，動作有些緩慢，阿龍伸手去接牠，古力卻不肯，逕自游向阿標那邊去。

阿標下水，半身浸在水中，把古力抱起，摸牠的頭，摸牠的脖子；古力用牠溼漉漉的鼻頭擦著阿標，紅舌頭不停地舔著阿標的手。

洪水過後的溪流已不再湍急，水深比中午來時稍高，卻覺得溫熱；只是溪底殘留的樹幹、殘枝，一不留意就要絆倒人。

古力亦步亦趨跟在阿標後面，三個人回到已崩落了的前院廣場，扶桑花、檳榔樹折腰，木寮倉庫倒塌，石板階梯沖垮。

感覺好像是離開一百年後回來的，滄海桑田，記憶中的景象全換了個樣子。阿龍、小彬和阿標的爸媽見面，不禁熱淚盈眶，一切恍如隔世。

「平安回來就好了，別哭，別哭。阿標呢？阿標呢？」阿標的媽媽說著別哭，自己卻先掉淚，沒有看見阿標又緊張起來。

古力一直跟在阿標身旁，他們在前院繞著，不可置信地看著四周殘破的景象。古力像個忠實的侍衛環繞左右，生怕牠主人受一點驚嚇，受到些微損傷。

阿標的媽媽看到他們，吁了一口氣。

「都回來就好了，要是你們有個三長兩短，教我們後半生怎麼過下去。老天有眼，保佑你們。」

阿標的媽媽喃喃不絕地這樣說著。

什麼叫老天有眼？阿龍心想，要是真有眼，怎麼會在我們第一次來「米酒甕」遊玩，就使出這麼殘忍的手段，以洪水作為見面禮。

更讓阿龍吃驚的是，在阿標平安回來後，阿標的媽媽竟然「咚」一聲跪在土地上，謙卑而虔誠地禱告上蒼：「這幾個孩子和我們一家人能夠平安，感謝天公保佑。」

在這滿目瘡痍的境況，阿標媽媽恭敬地對上天感謝，不是存心鬧笑話，便是一種諷刺的表現。阿龍心想。

花生田、鳳梨園、滿倉庫的收成都已流失，家已變成一個殘破的家，應該是詛咒而不是感謝吧。

阿龍和阿標忙將她扶起來，跟她說：「我們的田園都毀了。」

「知道——知道——只要人在，就可以重整家園。」

「對！人健在，一切可以重頭再來；只要有土地、有種子，怕什麼，阿標，你說對不對？」阿標的爸爸也說道。

話意是這樣堅毅勇敢，語音卻不免有些傷感。家已殘破，這一季的收成已平白被洪水流走，恐怕土地和種子的得來也不容易吧。阿龍為他們想著，不禁也沉默起來。

螞蟻雄冰

傍晚時阿龍和小彬回到羅東。一路上晚霞滿天，晚風送爽，路上的行人安詳閒適，有的遛狗；有的穿了運動服做慢跑運動。乾燥的馬路看起來沒有被雨水淋過。

路人看見阿龍和小彬打著赤腳，身上沾著污泥，都投來詫異的眼光；但是恐怕沒有人會想到，他們是從生死邊緣回來的人，剛剛從一場「終生難忘」的旅程回來的。

阿龍回到家，爸媽還沒有回來，他走進客廳，一躺上沙發便睡著了。

小彬回到家，美芳來應門，看見哥哥一副遠征回來的模樣，大驚失色，叫道：「哥哥，你跑到什麼地方去野了？一下午都沒看到人。等媽媽回來要跟她說。」

發現哥哥的球鞋也不見了，更是不得了，叫著說：「呀！連鞋子也玩丟了，你該死了！」

「我和阿龍去『米酒甕』……」

這一趟旅程，真可以向美芳說個三天三夜也說不完，讓她驚叫連連。這時卻什麼也不想多說，小彬深深明白，真正的驚險故事再生動的口才也無法描述其中一二。

洗過澡，換了乾淨的衣服，走進自己的房間，便沉入夢鄉……

被洪水追趕的驚嚇，當時來不及呼叫，在夢中才吶喊出來。一聲聲「救命啊——救命呀，大水來啦——」，把房門外的家人叫得驚心動魄，慌亂成一團。

一家人急忙走進房間，看見小彬抓住床頭，踢打著：「趕快爬！趕快爬——」

小彬的爸爸隨即打電話到阿龍家，話筒還沒拿起來，電話鈴卻先響了。

阿龍的爸爸緊張地問：「阿龍作惡夢，叫著：『救命——救命——』說是什麼大水來了。小彬在不在家？我想問他，他們今天發生了什麼事？」

小彬的爸爸說：「不知道欸，小彬回來沒吃飯就睡了，也是作惡夢，亂叫亂嚷的。」

一直到第二天中午，阿龍還是沉睡不醒，他媽媽就趴在床頭，等他一驚叫，隨時可以安撫他。

這邊的小彬倒是悠悠醒來，大叫一聲：「阿龍呢？」

當了一夜特別看護的美芳，從坐椅彈起來，慌張問：「你和阿龍哥到『米酒甕』，到底發生什麼事？」

「我們和阿標還有古力去划竹筏，遇到山洪爆發，我們被大水沖到溪岸，後來爬到輸電鐵塔，我們差一點就不能回來了。」

「真的？」美芳雙手掩住嘴巴。

「阿標家的前院、花生田和鳳梨園都被大水沖走了。」

「真的——」美芳的眼睛睜得好大。

小彬向美芳要了一杯水，又說：「我夢見阿龍和我到龍目井游泳池賣『螞蟻雄冰』，生意好好，我們賺了好多錢，拿去給阿標。」

「有沒有夢到我也在幫忙賣冰？」

「有，你還是領班呢，你們班上的同學也來幫忙端盤子，洗盤子。你負責收錢、找錢，還穿著媽媽的圍兜。」小彬說。

「真的？我去找我們班上的女生當店員，她們一定會答應來幫忙的。」

「上次我們辦園遊會是全校『業績』最好的一個攤位，有她們來，一定生意興隆。娘子軍出馬，威力無比。」美芳很有信心，接著說：「我要去告訴玉琴，她阿姨家出事了。」

「別急，阿龍還沒有答應。『螞蟻雄冰』是他的拿手絕活，是他發明的祕方，不知他肯不肯提供呢？」小彬說。

「他敢不肯？『見義勇為』的事，他敢不做？以後別想再到我們家，我叫所有人和他斷交，斷交！」

睡了足足二十小時才甦醒過來的阿龍，在媽媽的「服侍」下吃了三大碗飯，掃光了桌上的菜餚。再把那天的「米酒甕」驚魂，去頭去尾簡單地向媽媽報告；雖然情節已盡量濃縮，語氣保持平靜，還是把媽媽嚇得「哎呦——哎呦」一叫。

夏日陽光和往常一樣艷麗，麻雀和蟬兒在樹上昏昏欲睡，阿龍搬了一張藤椅，坐在蓮霧樹下。

門外傳來一陣緊急煞車聲，接著是腳踏車碰撞圍牆，一會兒門鈴聲大作，「鈴——鈴鈴」一長兩短，強而有力。

老朋友不說客套話，小彬一進門就把昨夜賣冰的夢詳細說給阿龍聽。

阿龍不加考慮便說：「好！我正想不出辦法來呢。」

「還好你答應了，要不，我小妹和她們一群娘子軍要對你不客氣，宣布斷交！」

「我怎麼會不答應呢？」

「『螞蟻雄冰』是你發明的，賣出去就洩漏祕方。」

「沒有什麼祕方，只是加一點龍眼蜜而已。」

「加龍眼蜜，就這麼好吃？」

「只是你喜歡，還不知道別人喜不喜歡吃？」

過了幾天到週末時，龍目井游泳池外的空地，搭起了一片藍白相間的遮陽棚。一大早阿龍、小彬、美芳和號稱「五花瓣」的娘子軍們已來到。

「螞蟻雄冰」的招牌是阿龍的爸爸昨日趕工完成的，還散發著油漆未乾的氣味。桌椅是各家帶來的，整整八張大小不一的桌子，三十張形式不同、高低不一致的椅子，一直排到大榕樹下。

料理臺上擺著一箱煉乳，一大包黑芝麻，幾瓶龍眼蜜。「五花瓣」娘子軍在美芳的率領下，有的用碎冰機正忙著做碎冰；有的忙著搓花生皮。小彬和阿龍還在趕著寫海報——「天下第一冰，吃了心曠神怡」。

氣候炎熱，龍目井游泳池照例擠著許多游泳客人，看到新開張的「螞蟻雄冰」攤位，人人眼

睛為之一亮。

在攤位四周走動的泳客，被「五花瓣」親切地招呼慫恿著，也被自己的好奇心催促著，更被赤毒的太陽追趕，於是便入座享用了。

果然是香、脆、可口，味道比起大街上的冰攤有過之而無不及。看「五花瓣」的手腳乾淨俐落，衛生可靠，心裡更是放心。

阿龍和小彬估計，一盤「螞蟻雄冰」可以淨賺十五元。第一天「推廣時間」若能賣出五十盤，就有七百五十元的「贊助金」了。哪知道，吃過冰的人都充當免費的廣告，宣傳「螞蟻雄冰」有多好吃，開幕才一個小時便已賣出三十盤。「五花瓣」忙著做冰、搓花生皮、端冰、洗盤子，滿場飛，幾乎快忙不過來。

在黃昏時，「螞蟻雄冰」小小結帳——共賣出兩百五十盤，整整盈餘三千七百五十元整。新舊鈔票、大小銅板塞了滿滿一紙盒。意外啊！

游泳池老闆鎖上大門出來，問道：「明天還賣不賣？」老闆的面目看來不怒自威。

大夥兒有些緊張，猜想，老闆是看到「螞蟻雄冰」的生意興隆，要來驅趕嗎？

「可以再賣嗎？」

「怎麼不行？你們要是明天還想賣，我家裡有桌椅，給你們帶來。」

「真的？你的心腸真好。」美芳說道。

游泳池老闆揮手道別，大夥兒也想揮手答禮，卻發現手臂彷彿吊了鉛錘，痠疼地舉到與肩同高，就再也舉不起來；彎動手指，也覺得僵硬不聽使喚。賣了兩百五十盤「螞蟻雄冰」，真不是開玩笑，會把手臂累脫臼的。

晚上七點，「螞蟻雄冰」的所有「店員」來到阿龍家的蓮霧樹下開會。

「我們要賺多少錢，才能夠真正幫上阿標家的忙？」

「十萬！」

有人說夠多了，有人說不夠，爭論不休。

阿龍於是問玉琴：「你的意見呢？」

「今天我爸媽到『米酒甕』的阿姨家，帶些錢給他們，我阿姨和姨夫都不收。他們說，老是接受人家的幫忙……」

「有困難才需要幫忙，每個人在一生中難免都會遇到困難嘛，連對陌生人都『雪中送炭』，何況是親戚、朋友？」阿龍說。

「他們堅持不收錢，沒辦法。下午我爸媽只好再帶食物去。他們已經開始工作了，一鋤頭、一扁擔的挖土、挑土，整頓家園……」

「和我夢見的一樣。」小彬說道：「用鋤頭和扁擔要整頓到什麼時候？明天一早，我們雇一部推土機去，幾天的工夫就能把阿標家的前院再築起來；把阿標的花生田再開闢起來。他們很堅強，但是也需要幫助，他們不收錢，是怕被施捨的感覺。」

「什麼是被施捨的感覺？」

「就是……被同情的意思。我知道他們不喜歡。」小彬說。

「對！我阿姨雖然不富裕，但是自力更生，日子也過得很驕傲。就是遇到困難，也不願被人家可憐。」玉琴說。

「但我想如果大家幫忙出力整理家園，他們會很高興的，畢竟家園重創是需要人力與時間才能復原的。」阿龍說。

「好，那我立刻打電話召集我的那些死黨，請他們在暑假做些『助人為快樂之本』的事。」小彬說。

事不宜遲，馬上行動。開會後大家自動分配工作，各自分頭去做熱血少年想要做的事。

第二天一大早「螞蟻雄冰」繼續開張，打鐵趁熱。小彬整理冰攤，把龍眼蜜、煉乳和芝麻擺在桌上，儼然是個冰攤的小老闆，招呼客人，指揮「店員」，忙得不亦樂乎。

不久，龍目井前的路上，一部推土機像坦克車一樣地「轟隆隆」通過馬路。阿龍的爸爸也開了一部小貨車，車上站了一群少男、少女，他們舉手向「螞蟻雄冰」攤子敬禮，簡直就像雙十節閱兵，通過司令臺的隊伍。

領隊的是阿龍，他頭戴著一頂大斗笠，不細看，還真認不出是他。後面站著是美芳，兩條花辮子紮得真仔細，像遊行花車上的大美人。

小彬叫著笑她：「美芳，你以為要去參加選美呀——」

說得美芳滿臉通紅，回應：「哥哥，你給我記住，回來找你算帳。每次都要跟人家『漏氣』——」

阿龍的爸爸警告說：「統統坐好，不准亂動，掉下車可不好玩。」說著也笑了。

「五花瓣」遠遠叫喊著：「美芳，記得戴一頂皇冠回來！」

「哎呀！怎麼這麼討厭，都跟我寶貝哥哥學。」

阿龍任由他們笑罵打鬧去。想著，阿標一家人看到推土機轟隆隆地駕到，看到種子，看到這一群幫忙他們整頓家園的同學，不知道會是什麼樣的表情？古力，不知道古力會又叫又跳鬧得多麼凶呢？猜想牠打從出生就不曾看見過這麼龐大的推土機吧？

阿標的媽媽要是哭了怎麼辦？遇到這樣的場面，少了伶牙俐嘴的小彬，不知道該如何應付？想想，還好有美芳在，這才放下心。

阿龍自言自語地說：「今年的夏天特別熱，不過過得真有意思，實在是終生難忘呀。」

一路上，小貨車載著充滿活力熱心的青春兒女們，夾著推土機轟隆隆的聲音，就這樣浩浩蕩蕩開往「米酒甕」去了。

宛菁
姊姊
1981

遠方的來信

放學了，幾位同學陪潘正立慢慢地走。

在學校發生的事情，這時候都一件一件的翻出來說。潘正立的一雙腿患小兒痲痺，撐著鐵拐走不快，走路還常常氣喘，所以他大多只是聽著，聽同學說笑、吵架罵人，若沒有人問他，他是不搭腔的。

和他熟悉的同學都喚他小潘，大家覺得這樣比較親切。班上同學的綽號都取得稀奇古怪，像「冬瓜」、「鐘樓怪人」，班上最頑皮的陳文吉，叫做「小黑」，他也是潘正立最好的朋友，時常到育幼院來。

不巧，院裡那隻小狗也叫小黑，每次一叫「小黑！」，小狗搖著尾巴跟著陳文吉跑出來，把潘正立笑得站不住。

潘正立是班上的小老師，小潘除了運動不行，每科功課都好，尤其是讓大家頭大的數學，從來就沒把小潘難倒過。數學老師凶，大家遇到難題，都跑來問小潘。

小潘喜歡咬嘴唇，撫弄那兩支鐵拐，上課聽講的時候這樣；下課時也是這樣。他靠在走廊的石柱邊，看著大家在操場上蹦蹦跳跳，看起來有好多煩惱的樣子。

只有小黑和他從小認識，才敢沒顧忌的和他說說笑笑。老師告訴過大家，不能取笑殘障的同學，同學時常記住這些話，和小潘在一起時，反而變得不自在起來。有些同學覺得老師太偏愛潘正立，心裡不舒服，便故意不理他，或者轉而取笑他的大耳朵。

小黑的家，就是育幼院門口附近的雜貨店，對小潘最清楚的人，莫過於陳媽媽了。那是十年前的事了，陳伯伯在海邊養蚵的時候，雜貨店就陳媽媽一個人照顧。那天烏雲密布，雜貨店前，忽然來了一位頭上繫一條碎花巾，抱著嬰兒的婦女，抱著孩子的手腕上，提了一個包包，她滿面愁容地向陳媽媽打招呼，似乎有些話要說，卻又說不出來，默默地掉眼淚。

她向陳媽媽買了一包餅乾，坐在竹椅上，直看著懷中的嬰兒。陳媽媽覺得有些奇怪，便問她：「什麼事？」那婦人只是搖頭，強抑著哭聲，用臉頰貼著嬰兒的額頭。

陳媽媽又問她：「你有什麼事？我能幫忙嗎？」那婦女點點頭，卻又說不出口，把陳媽媽都弄糊塗了。

屋外雷聲隆隆，夾著一捲捲風沙，那婦人看著茫茫的路上，回身把嬰兒交給陳媽媽，說：「這孩子命苦……孩子有點發燒，我去買藥，麻煩幫我看顧一下……」走出雜貨店還不斷地回頭。

那婦人一去便沒有回來了，留下嬰兒和竹椅上的包包，和屋外的傾盆大雨。陳媽媽一直等到天黑，陳伯伯才打開那包包，包包裡有一些嬰兒的衣服和一罐奶粉，還有一封信，信上寫著：

好心的人，請將這孩子交給博愛育幼院，孩子的名字叫潘正立。

不負責的媽媽　敬上

這種悲傷的故事，陳媽媽不是第一次碰上，可是對小潘就有說不出的情感，或許就是緣分吧；也許是那年她的第一個兒子——小黑，也是這般大小，他們都同樣有一對烏溜溜的眼睛和一張紅通通的粉臉。

這件事她只告訴過石奶奶一個人，陳媽媽怕說出去，讓小潘知道，只是更加傷心。

走回到育幼院門口，大家紛紛說再見。

小黑等同學都散了，悄聲地向小潘問：「宛菁姊姊跑了快兩個月吧，不知道她去哪裡了？」

兩個月來，一直悶悶不樂的小潘，忽然眼眶紅了。

急得小黑又趕緊說：「不能哭啦！宛菁姊姊每次都罵你的，她說，男生隨便就哭，別人會笑的。」

好想念宛菁姊姊呀，不知她去哪裡了？會不會真的偷溜上船，到海上去找她爸爸呢？

忽然小潘背後騎過來一部腳踏車，原來是「鐘樓怪人」。他嬉皮笑臉地叫：「小潘再見！小潘的鐵拐再見！」

尾音那一聲叫得特別響，叫過後，頭也不回，兩腿死命地踩腳踏車。

小黑氣急了，說：「他故意說『鐵拐再見』的！」抓起地上一顆石頭，棒球一樣地投過去，喊著：「『鐘樓怪人』！我明天跟你算帳。」

車子騎得神速，在車上扭著屁股的「鐘樓怪人」，一下子便不見了。

陳媽媽從雜貨店跑出來，聽叫聲以為小黑又打架了，趕緊出來，說：「哎呀，背著書包就要打架啦？嗯——」

看見低頭不語的小潘正要回育幼院，她又叫起來，但聲音壓低著，好像怕別人聽見：「小潘啊——趕快來，有一封信是給你的。」

一封信，誰寄來的呢？一邊猜想，一顆心蹦蹦跳，兩脅下的鐵拐咚咚地快起來。

「臺北寄來的呀，快看是誰？」

小潘一看信封上的字跡便知道了，誰也比不上宛菁姊姊的字漂亮。小潘高興得臉都紅了，咬著嘴唇笑著。

「真的是宛菁？謝天謝地，這丫頭總算有消息了。」陳媽媽說。

「什麼事情這麼不得了哇？」一身海腥味的陳伯伯，挑著一擔海蚵進門來，看見陳媽媽雙手合十的表情，緊張地問。

「哦，那丫頭來信了呀！」

「趕快拆開來看嘛，宛菁姊姊說些什麼？」小黑也跟著大家高興，催著小潘。

小潘卻說：「我想回去再看……」抬頭看著陳媽媽。

「這孩子真細心，還沉得住氣。」陳媽媽雙手擦著圍裙，半笑罵地說：「好吧！就隨你，小潘，我今天燉了一鍋牛腩湯，你晚飯不要吃太飽，待會兒過來和我們小黑一起吃，再把信念給我們聽聽——」

信藏在書包裡，趁著開飯前，大家在餐廳外玩鬧的時候，小潘躲躲藏藏地在椰子樹後把信拆開了。

夕陽把椰子樹拉成長長的影子，樹梢的葉影折射在圍牆上，風吹過來，像極了臨別時有人說再見的揮手。

遠處的笑語喧譁，小潘卻沉浸在宛菁姊姊的來信裡。

親愛的小潘：

姊姊幾次想提筆都放下了，有許多事情要說，又因為太多了，不知道從何說起。

姊姊現在在電動玩具店裡兌換代幣，晚上就住在樓上的小房間裡，生活已經安定下來了。這些日子裡，姊姊換了好幾家工作，別人以為我吃了不少苦頭，但我是心甘情願的，我還是覺得快樂；因為再也沒有人看不起我，欺負我了。

我把信寄到陳媽媽的雜貨店，就是不願石奶奶知道我的行蹤，小潘，你一定要替姊姊保密，知道嗎？

姊姊在這裡很好，請放心。小潘，你要更勇敢、更堅強，不能隨便就躲在角落流淚喔，「同是天涯淪落人」，大家要相互照顧，知道嗎？祝

平安健康

宛菁　筆

開飯鐘已經響起，清脆的噹噹聲，把喧鬧的嬉笑吸引進餐廳去了。小潘撐著雙拐，慢慢在草地上踱著，不覺得飢餓，他想起宛菁姊姊離院出走的那天，在餐廳裡發生的事情……

餐廳裡嗡嗡低語，間歇有碗筷碰觸的聲音。靠窗戶的第一排座位，坐著國中、高中的大哥哥、大姊姊，他們要把剛學會走路的小弟妹先餵飽，才能吃

飯。

宛菁姊姊總是最忙的一個，用湯匙餵三個小弟妹，有時還輕輕地唱歌給他們聽呢。

大家正在忙著吃飯的時候，忽然聽見吵架的聲音，起先是小小的，後來聲音越來越大了，大家都抬起頭來，看見石精孝哥哥把碗筷「啪」地砸在桌子上，站起來大叫：

「你還不承認！我的一百元一定是你偷去的，不要臉！拿我的錢去請他們吃東西！」

聲音好大，把嘴裡含著稀飯的冬冬嚇哭了，其他小弟妹也一個個跟著哭叫起來。宛菁姊姊趕緊拍著被飯粒嗆咳了的冬冬肩背，安靜地說：

「沒有人拿你的東西，要不然我也不會把錢還給你。」

「你是被我發現才故意要還我的，對不對？」

「你沒有證據，不要亂講話。我今天早上掃地時撿到的，我聽說你丟了錢，想要去還你，但你已經上學了，所以現在才還你。」

「我不相信，你怎麼有錢買東西給小鬼吃？不知道你還偷了誰的錢？」

這時宛菁姊姊也生氣了，放了碗筷站起來，說：「你要講理！不要因為你偷抽菸，我告訴石奶奶，就要來報復我！」

「小偷！反正你是小偷，大家都知道了。」

餐廳裡叫著、哭著，大家都吃不下飯。在廚房忙著的石奶奶和林阿姨趕忙走出來。

「什麼事？吃飯的時候還吵架呢。」

「好！我還要告訴石奶奶，你在學校的時候和人家賭錢、還有……」

「你再說我就打你！」

石哥哥握緊拳頭站到椅子外，把椅子也踢倒了。

「兩個都安靜，不准這樣吵鬧……」

石奶奶顛著小腳，扶著窗戶走過去。宛菁姊姊把冬冬他們帶開，大聲又叫著：「你不講理，冤枉人！你做的壞事以為我都不知道……」

石哥哥睜大著眼睛，撲過去抓住宛菁姊姊的頭髮，按著她的頭，一把將宛菁姊姊甩在桌子底下。大家都嚇得站起來，小弟妹更是大哭大嚷。

宛菁姊姊的兩隻手露在桌面外，想去掐石哥哥的手；但是怎麼掙扎也站不起來。石哥哥一拳頭一拳頭地搥下去，宛菁姊姊俯在地上，不斷地叫罵，宛菁姊姊哭了。

石奶奶和林阿姨都拉不住石哥哥，石奶奶被石哥哥一手甩碰在窗戶邊。大家害怕地不知所措，這時載餿水的林伯伯趕了過來，三步併作兩步跨上前去，一大掌提起石哥哥的衣領；一手把他抓住宛菁姊姊的手劈開了。

石哥哥氣喘吁吁，臉色好怕人哪。林阿姨蹲下去把宛菁姊姊扶起來，披散了頭髮的宛菁姊姊，滿臉淚痕，卻又指著石哥哥說：

「你是大壞蛋！大壞蛋！只會欺負弟妹……只會欺負我們……」

石哥哥又要撲向前，卻被林伯伯架持住，動彈不得。

石奶奶撫著胸口，說：「宛菁，你就先別說了，什麼事情待會兒我來問……」

「我要說！他自以為了不起，有人疼愛他，他就神氣活現，他就可以欺負人……」

「宛菁，這件事石奶奶會問個明白……」林阿姨說。

「他平時打弟妹都沒有人管他，分配的工作他都不做！他仗著……」

「宛菁，這就是你不對了，剛才石奶奶已經說過，這件事要調查清楚。」

「我就知道石奶奶袒護他，袒護他，石奶奶最偏心他！」

宛菁姊姊的眼淚像雨水一樣地流下來，她叫罵著，好像換了另外一個人，已經不是平常最愛護大家，最會哄勸小弟妹的宛菁姊姊。

石奶奶漲紅著臉，說了：「宛菁！你到辦公室來，有話跟你好好說！」沒有看過石奶奶這麼生氣，抓住自己的領口，胖胖的身子也顫抖了。

「我不去！我不去──」

宛菁姊姊一邊叫著，往寢室跑去。

「宛菁，宛菁！」林阿姨叫喚她，想跟過去。石奶奶揚了揚手，長嘆口氣說：「這孩子就是脾氣強，要不就是個好女孩啊──讓她去吧，讓她一個人安靜安靜就好了。」

大家悄悄收拾碗筷，各自去寫功課。

宛菁姊姊像個木人坐在床沿上。淚痕已經擦洗乾淨，眼睛直看著窗外的椰子樹。

微風中有青草的香味吹進窗內，把宛菁姊姊的頭髮輕拂開來，看她的嘴角彷彿還帶著笑意呢。摸不清宛菁姊姊的心意，她手上拿著望遠鏡，沉思了片刻，遞給小潘：

「小潘，這個望遠鏡送給你。」

宛菁姊姊又看著窗外，目光投向圍牆外遙遠無際的天邊，又說：「你知道這是我爸爸出海前送給我的，你也喜歡它，就送給你吧。」

不知道這就是宛菁姊姊臨走前的贈物。當時心裡有些詫異，因為這望遠鏡也是宛菁姊姊最喜愛的紀念品啊。

夕陽緩緩從芳苑海邊的防風林落下，小潘拿著沉甸甸的望遠鏡，想起在遠方的宛菁姊姊，這時正在做什麼呢？

四周寂靜，天色已經暗了，圍牆外的天邊，什麼也看不見，只微微見黑白條紋高聳的芳苑燈塔，燈光在遠處一閃一閃。小潘撐著鐵拐朝著亮燈的自習室走去。

電動玩具店

櫃檯上隔著一層玻璃，除了兌換代幣的小圓洞，和外面的世界整個隔開了。

每天傍晚宛菁都端一盤飯菜，在櫃檯下匆匆地吃。天色一暗，市街的霓虹燈點亮時，也是電動玩具店開始忙碌的時候了。

寬大深邃的店裡，有大孩子最喜歡的「灣岸賽車」、「快打旋風」和「戰鬥群王」，也有小小孩喜歡的「太空火箭」，排在店中央的整排投籃機和各種跳舞機。

「太鼓達人」、「青春鼓王」的音樂，混雜在電動玩具的吱吱啾啾和小朋友的笑聲中，整間店裡充滿了吵雜而熱鬧、歡喜的氣氛。

忙裡偷閒的片刻，宛菁總愛靠著櫃檯在小圓洞口向外探望，看著孩子的爸媽站在碰碰車圍場的欄杆外，快樂地和車中的小孩招手，大聲地教小孩抓好方向盤，顯得好緊張的樣子。有的小孩只顧歡笑著，忘記把好手中的方向盤，場外的爸媽一邊大叫，一邊急得想爬過欄杆幫他們扶好。

多麼幸福快樂啊！宛菁不記得小時候是否也有這種時光。記憶中已經沒有媽媽的故事了，只有和爸爸相依為命的日子。在碼頭上和爸爸分手，看著爸爸放不開腳步地走上輪船，攀在船舷欄杆不斷揮手，爸爸說：「宛菁啊——你要好好照顧自己啊——等爸爸回來——」

輪船的汽笛聲聽起來叫人多難過，波浪拍打著碼頭，每次總是看到輪船消失在水平線上才離開的。

當得到爸爸回航的消息，有幾個興奮失眠的晚上，好不容易挨到那天，一大早起來梳洗整齊，便帶著小潘和小冬冬一起到碼頭。

告訴小潘那艘船叫「勝利輪」，大大的兩個字寫在船尾後呀，小冬冬好像也認得字的樣子，跟著在長長的碼頭上尋找。

這時，涼涼的海風讓人多愉快！

巨大的輪船一艘艘繫在碼頭邊，總以為爸爸會加速航行，早自己一步回來，早等在梯口邊了。

大半總是等了好久，讓小潘坐在圓圓的纜樁上，抱著小冬冬向遠處看去，在碼頭工作的叔叔、伯伯都認識了。

「等爸爸的船呀——」小冬冬聽到人問話，就咿咿呀呀地拍手，把那些叔叔、伯伯也逗樂了，過來跟他們聊。

「他是你弟弟嗎？長得跟你一樣漂亮。」

「喔，不是，他名字叫小潘，說是我弟弟也可以，還有這個冬冬，也是我弟弟啊。」

小冬冬咿咿呀呀地又拍手，只有害羞的小潘把頭垂得低低的，咬著嘴唇玩弄鐵拐。

看見白色的勝利輪從藍藍的大海上出現時，宛菁一顆心都快跳出來了，三個人在碼頭上跑過來，跑過去，手舉得高高地揮著，大聲叫著——「啊！船啊，勝利輪回來了！」

記得最清楚的一次，也是爸爸最後一次靠岸的那天。碼頭上罩著濃濃的晨霧，海天一色白霧茫茫，看不清船隻的身影，三個人爬上艘艘的梯口詢問。

突然，聽見濃霧中有人叫著：「宛菁——」

回頭，卻看不見人。

「宛菁——」聲音近了，絕對沒有錯，是爸爸，是爸爸的聲音！

抱著冬冬，牽著小潘回頭看，險些就被掩在霧裡的纜繩絆倒了。

「哈哈——宛菁啊——」

霧中出現了爸爸高大的身影，像天方夜譚中的巨人，張著雙手跑過來，大家笑著擁抱在一起。

這是爸爸的輪船唯一早到的一次。相聚的快樂，把許多要說的話，都忘得一乾二淨了；碼頭上的叔叔、伯伯也圍過來，搖著頭笑著，嘴裡發出嘖嘖的聲音。

爸爸送給小潘一輛小火車；給小冬冬一包巧克力糖，至於那臺望遠鏡，爸爸說在南非的開普敦買的，可以放大二十倍，輪船回航時，遠遠站在碼頭上拿著望遠鏡就可以看清楚的。

「小姐，換代幣。」

一個小朋友從小圓洞遞進來鈔票，個子真小，只有半個頭露出來。拿了代幣，一溜煙跑得不見了。

電動玩具店裡有像在幼稚園的小朋友，也有背著書包，坐在圓椅上，手按

觸鍵，眼盯著螢光幕的小學生、國中生。在「快打旋風」那排機臺前，大都是蓄了長髮，偶爾還吞雲吐霧的少年，他們也是電動玩具店的常客，有時從中午到晚上，一玩就是大半天，經常成群起鬨；有時也會自得其樂。

這些吵雜和刺眼的機臺，宛菁都不喜歡，只愛那偏僻角落的一座觀世音菩薩，和一些在水箱裡悠游的金魚。

角落的燈光柔和，一尊趺坐的觀

世音菩薩，雙目垂視，透露出無限慈悲。

觀世音菩薩在這麼吵雜的環境，還能這般含笑靜坐；金魚在水中舉止和緩優雅。

宛菁從小圓洞看過來時，心情不覺得沉靜下來，往事點滴卻又浮現……

想起三年來沒有一點消息的爸爸，想起育幼院的種種，想起小潘、冬冬、小黑，還有傳說中已去世的媽媽，宛菁禁不住過去祈求觀世音菩薩。

洗淨雙手，趁著老闆娘不在時候，低聲地向菩薩問他們的消息，祈求菩薩保佑大家健康平安。

塞進一個代幣，菩薩的蓮花座下一陣喀啦，一只塑膠圓球從小洞裡滾出來。趕緊拿了回到櫃檯後面，用手掌將小圓球壓開，裡頭有一張靈籤。

菩薩慈悲，總賜給宛菁上上籤。籤上寫著：

秋去冬來又逢春，世事變化莫煩心，自有貴人相扶助，來日返鄉度團圓。

老闆娘是個多產的婦人，一連生了四個女兒，現在又挺一個大肚子了，像是決心要生一個兒子，否則不罷休。

「宛菁，你坐在這裡，閒著也閒著。喏，老三跟老四你幫我看著，不要讓她們亂跑呀！」

小小孩坐在櫃檯後，不到十分鐘，就鬧得天翻地覆。宛菁在忙著兌換代幣的時候，她們一溜煙全不見了。

經過幾次經驗，宛菁知道她們一定是跑去看金魚了。只是電動玩具漏過電，剛學會走路的小小孩跌跌撞撞，把宛菁擔心死了，她們要是出了意外，被電著或跌傷了，老闆娘一定不放過她。

小時候就喜歡這些像穿著紅綢緞的魚兒，看牠們一扇尾巴柔柔地撥動著，朝著吐露小氣泡的水管游去。

爸爸說過：那小水珠裡有清新的空氣，人喜歡，魚兒也喜歡。在大海上航行，時常有成群的海豚，跟隨在輪船後，在螺旋槳鼓起的水花上跳躍著，吱吱地叫著。

小金魚一點也不怕人，有時還會用牠的小嘴輕輕咬啄隔著的玻璃櫃，小嘴一張一闔，好像在對人說話呢。

小潘也喜歡金魚呢。宛菁還記得小潘第一次看到金魚，把臉貼在玻璃櫃上時，那隻頭上像戴了紅花的魚兒，好快地游開了；大家以為一定是小潘壓扁的臉孔，把那魚兒嚇了一跳。

戴了紅花的魚兒游了一圈，又叫來好多小金魚，圍著看小潘的臉。金魚們幾張小嘴全都一張一闔地說話，大概是說，又來了一個頑皮的小孩吧！

那時在金魚店裡玩了一個上午，正在高興著，大家都忘了回家，忽然小潘又低頭咬著嘴唇，撫弄他的鐵拐。以為他玩累了，身體不舒服，這時才看見玻璃櫃上映著小潘的鐵拐，和他瘦瘦的兩隻義肢，聽見旁邊有兩個小朋友在說：「我們借他的鐵拐比劍好不好？」

另一個小朋友說：「把他鐵拐拿掉，他就站不住了，你有沒有看見那是假腿呀？」

小潘就是這樣沉默、退縮、不會保護自己，默默地躲進無人看見的角落。宛菁想起這些，心中不禁難過起來，再看那些魚兒悠游自在，即便在牠們的小小世界裡，彷彿也充滿了快樂、自信。

「太空火箭」那頭，忽然聽到有個小孩的哭聲，那聲音把宛菁嚇一跳，嚶嚶啜泣多像小潘啊！

看背影兩扇大耳朵，瘦瘦的身子，心裡更觸動一下。趕緊跑過去，小孩揉著眼睛說：「我奶奶丟掉了，我找不到我奶奶。」

就是剛才換了代幣的小孩，身上的代幣用完了，才想起奶奶不見了。偌大的店裡，到處都是電動機臺，不好找人。宛菁把小孩的眼淚擦乾，說：「姊姊帶你去找奶奶，不要哭了，小男生怎麼可以隨便哭呢？」

抱著小孩上「太空火箭」頂，幫著尋找：「有沒有看見？看見奶奶在哪裡？」小孩搖搖頭，又哭起來，模樣像極了小時候的小潘。

沒辦法，只好牽著他的手，在店裡團團轉。休息座上也沒有一個像是奶奶的人，都是些爸爸在抽菸，媽媽們三、五成群圍著說話。

走到大門口，看見一位白髮蒼蒼、身體胖胖穿著藍色旗袍的老婆婆，正拿著一條手絹擦汗，一副焦急的樣子。

宛菁像想起什麼，趕緊鬆了小孩的手，躲在門後邊，嚇得吞嚥口水。這時小孩飛奔過去，「奶奶——奶奶——我找到你了。」白髮奶奶睜大了眼睛，蹲下來把小孩抱著，檢查小孩的身體，直看到完好無缺才笑出來。

朦朧燈光下，那胖胖的老婆婆多像石奶奶啊！宛菁站在門後，看他們祖孫相牽走過街頭，才把視線收了回來，眼眶不覺溼潤了。

石精孝是博愛育幼院第一個收養的小孩，在院裡十七年，成了小霸王，石奶奶總是偏心他，看成是親生的孫兒一般寵愛。石奶奶總藉故說石精孝正在發育，需要多加營養，便當裡總比別人多塊豬肝、肉片，湯桶底下的排骨，一定留給他吮吸。憑什麼他就有這麼多的特權呢！

遠離育幼院的這些日子，時間把那種種的不滿沉澱了吧，想起來全都是石奶奶的好。下大雨時石奶奶送雨傘到學校，雨水把她的裙襬全打溼了，但她還在擔心宛菁會著涼；在泥濘的小路上，遠處雷聲隆隆，閃電如蛇，石奶奶安慰著她別害怕，馬上就到家了……

強抑著眼淚，不去回想。宛菁轉身回到洋溢著自在歡笑的電動世界，各式機臺放出的青紅閃亮，把眼前的一切變得虛幻，令人煩憂盡消。

櫃檯前已經有一群小朋友敲打著玻璃窗，等著兌換代幣了。宛菁跑進去，點數著鈔票、代幣，又是一個忙碌的夜晚。往事忽然變得更遙遠了……

颱風夜

八月是個多颱風的季節。

「薔蜜」小姐、「米克拉」先生接連而到。電視氣象臺每天都有他們光臨臺灣的消息，請大家多加防患。

當他們遠在巴士海峽，剛從呂宋島橫掃而過的時候，大家便密切注意他們搖擺不定的動向了。

傍晚時，天空出現了紅色雲霞，把街道、樓房和過路的行人照得紅通通的。溫熱的強風忽而從左邊、忽而從右邊吹來，呼吸中都有一種怪異的感覺。只是颱風是個行蹤不定的訪客，氣象報告的先生說他明天就來，大家害怕地把招牌卸下，門窗都釘牢；可是第二天，卻又說颱風暫時不來了，有時還莫名其妙地消失了。

宛菁幫老闆娘把卸下的招牌又拉上去，戰戰兢兢地攀在窗戶上，好不容易才安裝好，突然吹來一陣潮溼的風，細雨又隨風而至。

宛菁看見一群學生戴著小黃帽，嘻嘻哈哈朝電動玩具店走過來。奇怪了，不是放學的時候呀，怎麼統統跑出來了。

「你們不上課？」

小朋友高興地朝著爬上半天高裝招牌的宛菁招手：「不用啦——老師說颱風又回來了，我們都放假。」

真是，招牌才剛裝好呢！勾在鐵窗邊的小腿，痠痛得要抽筋。現在難道又要拆下來了？果然不錯，站在底下的老闆娘雙手叉腰叫道：「拆下來吧，拆下來吧！還在上面看風景啊，你沒看到生意來了。」

小黃帽們也跟著哄然叫道：「我們要換代幣！」

在這種颱風天裡，電動玩具店的生意最鼎盛了。學校緊急停課，又沒有家庭作業，外面的風雨一陣一陣，沒有地方可以玩耍，回家怕被爸媽「關」起來，不准亂跑。頑皮愛玩的小朋友，帶著零用錢全跑到電動玩具店來。

「你們怎麼不趕快回家，不是說颱風要來了？」宛菁替他們擔心，真的颱風一來，大家都回不去了。

「宛菁！你瘋了，還不趕快做生意，說什麼？」話被老闆娘聽見，翻了一個白眼，罵宛菁。

小朋友蜂擁而進，挑著自己喜歡的機臺，乒乒乓乓玩樂起來。老闆娘又換了一副笑臉，忙著招呼。

「我們最近又新進了一批機臺在那邊，你們看看『太鼓達人十三代』、『唯舞獨尊』，好好玩的喔。」

大門進來了一位精壯的中年人，畢挺的藍色西裝褲，白襯衫，打一條藍底白條的領帶，牽著兩個活潑蹦跳的小弟弟。中年人濃眉下，有一對溫和的眼睛。

宛菁看著他們直走到櫃檯來。乍見這中年人的某些特質，像極了爸爸呀！

中年人含笑遞進來一張鈔票，點著頭說：

「小姐，麻煩幫我換些代幣。」

兩位小弟弟早已掙脫了大手，各自坐上「小蜜蜂」和「小火車」，屁股在座位上扭呀扭，學著火車的汽笛嗚嗚叫。

真奇怪呀，颱風都快來了，怎麼還有爸爸帶孩子出來玩呢？還是特地開了車子來的，宛菁想：這不是個糊塗爸爸，就是太疼愛小孩了，被小孩吵得受不了，只好帶他們出來玩……

想著，又進來一位穿著綠衣服的郵差，淋了一身雨水，拿著一封信，問道：「李宛菁的信！誰是李宛菁呀？」

宛菁趕緊跑出去，說聲謝謝，把信接過來。是小潘寫來的！信封左下署著「博愛育幼院寄」。高興地小跑步跑回櫃檯，用剪刀輕輕剪開。

親愛的宛菁姊姊：

我沒有讓石奶奶知道你在哪裡，我一定講信用。

那天我和小黑還有「小黑」一起到海邊的山洞探險，沒想到海水漲潮被困在山洞裡面，差一點就死掉了……

宛菁的笑容被信中的描述凝住了，很快地又看下去。

幸好林伯伯和石精孝哥哥趕來解救我們，他們也都受傷了，我們被送到醫院急救，醫生說得了肺炎，要住院一個禮拜療養。

我們和石奶奶都很想念你，石奶奶說，如果有你在院裡照顧我們，我們就不會出事的。

姊姊你還討厭石奶奶和石精孝哥哥嗎？

從你離開院裡之後，石哥哥再也沒有欺負我們，沒有再把我的鐵拐藏起來過。

我的鐵拐掉在山洞裡，現在上學都請載餿水的林伯伯載我，石奶奶說等有錢，馬上再買給我。

小潘　敬上

……看完信，宛菁在櫃檯後發楞，不敢眨眼睛，恐怕一眨眼，眼淚就要不聽話地掉下來。

……又想起育幼院種種。

「喂！小妹，換代幣哪！」

……不知有沒有再增加小弟妹？石奶奶稀疏的白髮……

「小妹，你是聾子是不是？喂！」

三個少年人叼著菸，戴著耳機，跟隨耳機裡的音樂，邊進大門邊舞動著。叫了幾聲在楞著發呆的宛菁，看沒有回音，其中一位忽然發火了，把玻璃櫃敲得乒乓響。

中年人趕緊探過頭去，叫醒宛菁。

「小姐，你在想什麼，有人要換代幣了。」

宛菁這才回醒過來，手忙腳亂地抓起代幣，問道：

「喔，對不起，要換多少？」

「不換啦！你讓我在這裡花費氣力，先賠兩個再說。」

「……」宛菁吃了一驚。

「她想男朋友想得魂飛九霄雲外了呀！哈哈哈……」

同來的幾個少年人哄堂大笑，又手舞足蹈跳起來。

「你們要換多少代幣？」宛菁忍著氣，不理會他們的話。

「我剛才說過，要先賠罪兩個再說，沒聽見？」

帶頭的少年又拍了一下玻璃櫃，把電動玩具店的客人都嚇了一跳。老闆娘聽見了，從後面趕出來，正好又聽見宛菁說：「你們不要無理取鬧。」

「你不賠罪，還說我們無理取鬧！嗯？」

中年人這時站起來了，向著三個少年說：

「少年人，這位小姐已經向你們對不起了，你們也就玩你們的去吧。」

「不干你的事，讓開一點！」少年硬回中年人一句，歪斜著嘴角，呸了一口痰在地上。

「好啊，你這個宛菁，要把我的生意都趕跑啦！」老闆娘氣沖沖跳進櫃檯後，指著宛菁的鼻子。

「是他們不講理的。」宛菁說。

「什麼不講理？顧客永遠是對的，你不知道哇！嘖嘖嘖，我辛辛苦苦經營的生意要敗在你手裡了。」老闆娘好像屁股被刺了一針，直跳腳。

「老闆娘，這位小姐也沒有什麼大錯，你不必責怪她。」中年人溫和地說。老闆娘看了他一眼，才煞住口。

帶頭那個少年卻說了：「咦，你是她的誰？你要多管閒事嗎？」

「做生意稍有怠慢，也用不著這樣指使。傷了和氣，大家心裡都不舒服。」

廣	告	回	函
臺灣北區郵政管理局 登記證第 14437 號			
免	貼	郵	票

讀書共和國
BOOK REPUBLIC www.bookrep.com.tw

Little Bear Books
小熊出版

23141 新北市新店區民權路 108-2 號 9 樓

遠足文化事業股份有限公司　收

姓名：________________

E-mail：________________

地址：□□□□□________________

____

電話：（O）　　　　　（H）

傳真：________ 手機：________

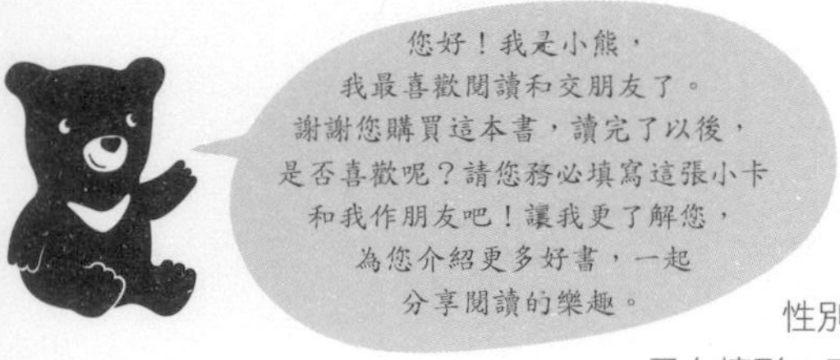

小熊出版・讀者回函卡

1. 購買書名：＿＿＿＿
購自：☐書店　☐網路　☐書展　☐其他＿＿＿＿
2. 姓名：＿＿＿＿　年齡：＿＿＿＿歲
性別：☐男　☐女　出生日期：＿＿＿＿年＿＿＿＿月＿＿＿＿日
子女情形：☐無　☐子女＿＿＿＿人（年齡＿＿＿＿歲）
3. 職業：☐製造業　☐資訊科技業　☐金融業　☐服務業　☐醫療保健　☐傳播出版　☐軍公教／若為教師，任教學校＿＿＿＿　☐學生，就讀學校＿＿＿＿　☐家管　☐其他＿＿＿＿
4. 您在哪裡得知本書的訊息？（可複選）☐書店　☐網路　☐電子報　☐報紙雜誌　☐廣播電視　☐讀書會　☐書展　☐圖書館　☐親友、老師推薦　☐同學推薦　☐故事志工推薦　☐其他＿＿＿＿
5. 閱讀後，您對本書的評價：（請填寫編號 1 非常滿意 2 滿意 3 普通 4 不滿意 5 非常不滿意）☐書名　☐封面設計　☐內容　☐文筆　☐價格　☐字體大小　☐版面編排　☐插圖品質。不滿意說明：＿＿＿＿
6. 您通常如何購書？☐書店　☐網站　☐學校團購　☐書訊郵購　☐大賣場　☐郵購或劃撥　☐參加活動
7. 您希望小熊出版社出版哪一種主題的兒童、青少年叢書？（可複選）☐幼兒啟蒙　☐圖畫書　☐童話　☐兒童小說　☐青少年小說　☐藝術人文　☐歷史故事與傳記　☐中外經典名著　☐自然科學與環境教育　☐其他＿＿＿＿
8. 您想給本書或小熊出版社的一句話是：

＿＿＿＿

＿＿＿＿

小熊出版社部落格：http://littlebearbooks.pixnet.net/blog　facebook 小熊出版社
客戶服務專線：02-22181417　客戶服務信箱：littlebear@bookrep.com.tw

Little Bear Books
Read for Fun!

「要你管！」帶頭的少年又歪了一下嘴角，說：「上！」

三個人團團把中年人圍住，像小猴子一樣張牙舞爪地跳躍著，學武俠電影裡的小流氓耍些滑稽的動作。

老闆娘趕緊說：「算了，算了，大家不要生氣嘛！」

宛菁離開櫃檯也跟著走出來，緊張地看著被包圍的中年人，沒想到自己會惹出麻煩，讓中年人難堪。這三個小流氓動起手來，中年人大概要遭殃了。

屋外的雨勢突然變大，刷刷的雨水灑進電動玩具店門內，風勢加強了，恐怕這一回颱風真的要來了。

在裡頭玩樂的小朋友看著有人要打架，都離開座位，又看見風雨交加，背著書包害怕得想哭出來的樣子。

倒是中年人帶來的兩個小弟弟，直拍手，叫道：

「爸爸加油！爸爸加油！」

瘦得像竹竿的少年，趁機踢出一腳，還學李小龍「呀」的怪叫一聲。

這一腿沒踢著，卻被中年人一手劈開，整個人旋出三步遠，跌了個狗吃屎！

那中年人眼明手快，雙手接住帶頭少年擊過來的一掌，順著那猛力將對方身子一扭，來了個柔道的過肩摔，摔得那帶頭少年像水蛇一樣在地上扭呀扭，痛得叫不出聲音來。

中年人的兩個孩子，爆出一聲歡呼：「萬歲！萬歲！變形金鋼勝利了！」在場的小朋友也跟著鼓掌叫好。

「你們都走吧！」

中年人喝斥道。另一個胖胖的少年被嚇呆了，耳機掉掛在脖子上還不曉得，怯怯地抬頭看著中年人，將地上的兩個夥伴扶起來，三個人拔腿就跑，不敢多回頭，消失在大雨中。

「這三個少年整天無所事事，只想到處欺負人，應該教訓教訓。」中年人汗不流、氣不喘，理了稍微亂了的頭髮，帶著兩小孩又說：「該回家了。」

不知道何時風雨又加強了一倍，馬路上已很少行人、車輛來往。相思樹在狂風豪雨中，搖擺得像發瘋的女人，把頭髮左右甩得不成樣子。

小朋友們急著跺腳，想跨出門外衝回家去，卻又被強勁的風雨嚇退回來，想到家裡的爸媽，不知會怎麼焦急了，也許冒著大雨跑到學校去找人。但他們一定不知道，大家跑來電動玩具店玩遊戲了……

其中最小的一個小男孩，忍不住哭出來，說：「快要淹水了，我們不能回家了。」

這一說，好幾個小朋友也跟著哇哇地哭。

宛菁蹲下來，跟他們說：「沒有關係，沒有關係。」

其實在心裡卻也不知道該怎麼辦才好，看著綿密的大雨，和呼呼作響的強風，颱風已經逼近了。

這時，中年人說了：「小朋友不要怕，康叔叔送你們回去，大家都坐到我車子上來。」

「好哇！大家都坐我爸爸的『雄風戰艦』，送你們到安全的地方登陸。」

小朋友這才你推我擠，露出開心的眼神，齊聲向著中年人一鞠躬，脫下小黃帽說：「謝謝康叔叔，我們出發吧！」

宛菁也放心地笑了，中年人一定是個慈祥的爸爸，是個愛護小孩的人哪。

中年人跑出去開了車門，宛菁幫著把小朋友送上車去，一車子擠得滿滿的，大家在裡頭打打鬧鬧，好像坐在娃娃車裡的幼稚園小朋友，正要出發去郊遊一樣的歡樂。

車子緩緩開動，真像出航的「雄風戰艦」，船舷兩邊濺起白色的水花，向著風雨的海上開去。

小朋友在車窗邊揮手，宛菁目送著他們，忍不住又想起自己不是也有個慈祥的爸爸，也有一群像他們一樣可愛的小弟妹嗎？只是爸爸在哪裡？而育幼院的小弟妹又在那麼遙遠的地方呀。

「好了，好了，不要又發呆了！沒看到颱風來了呀。」老闆娘拉扯嗓門，不耐煩的神情裡也有擔心：「我們這鬼地方，颱風一來就淹水，趕快把東西搬搬。咦——還發什麼呆，宛菁！」

這石破天驚的大吼，嚇得宛菁跳起來。

蹲下來忙亂地把擱在地上的圓椅、電線插頭收拾好；把老闆娘一群小孩帶上樓去。

一部部沉重的機臺，可就沒有人搬得動了。只好又忙著將鐵門拉下來，用碎布將隙縫填塞壓緊，阻擋一點水勢氾濫。

「宛菁，你動作快點，別又在那裡蘑菇了，到雜貨店去給我買兩支蠟燭和一隻手電筒回來。」

重新拉開鐵門，手中的雨傘一下子就被狂風吹翻了，頂著風雨跑出去，才走幾步遠，全身便溼透了。

回來後又忙著煮飯，幫老闆娘帶孩子。

終於忙完可以上樓，又不安心下樓檢查，看看還有沒有什麼細碎的東西沒收拾好？抱著一大袋代幣上樓後，累得手腳都不聽使喚了。

在小小的閣樓裡，透過玻璃窗看出去，再也不見平時車來人往的燈光燦爛。漆黑一片中，隱約見到的是家家緊閉的門窗內，透出一些微微燭光。雨滴擊在玻璃上喀喀作響，像有人在窗外敲打似的，這時每一個人都應該回家了呀，在這颱風夜裡。

宛菁拿起火柴，將蠟燭點亮了。

燭火光暈裡透著暖暖的溫馨，將風雨聲抵拒在閣樓外；只是不知不覺心中油然而生一陣孤獨，彷彿這世界只留下自己一個人，身在遙遠無際的太空中，被其他親友遺忘了一樣。

孤獨的心催眠著她，沉沉的睡意侵襲過來，宛菁睡著了。

沉睡中回到育幼院大門，看見了石奶奶，看見了缺了鐵拐的小潘、小黑、小冬冬，「小黑」張口汪汪叫，快樂地搖著尾巴。

只是這是個無聲的世界，大家都用手語比劃著，宛菁仍然感覺到大家依然那麼愛她，上前來擁抱她。

日麗晴空下，又回到那熟悉的海灘——陳伯伯養蚵的地方。

一片平坦的海灘上，整齊地插植了上百支竹片。淺淺溫暖的海水撩動著宛菁的裙角，泛起一弧弧的水波，滋養著攀在竹片上的海蚵。

陳伯伯戴著寬大的斗笠走過來，說：

「宛菁，你回來啦！」

「我一直在呀，我沒有走。」

跟著陳伯伯在蚵田的竹片中行走，陳伯伯指著綿綿的蚵殼，說：

「我只是偶爾來看看牠們，怎麼生長只有靠牠們自己了。」

「我不懂，陳伯伯。」

陳伯伯脫下斗笠，仰天大笑。

「你看牠們緊緊抱著竹片，這是牠們唯一的依靠。這裡有溫暖的陽光和牠們的同伴，海水會帶來養分，牠們不都長得好好的。」

睡夢中，宛菁彷彿聽見自己回答著說：「我知道了！」

防風林裡的夏蟬嘎啦啦地響著，和著輕刷在沙灘上的海浪聲，熟悉的情景一一呈現在眼前。

在夢中也會流淚的，宛菁醒過來，發覺臉頰上的淚珠成串，像玻璃窗上的雨水。燭火搖曳，溫馨依舊。

宛菁告訴自己：「我要離開這裡，有一天我要回去的。」

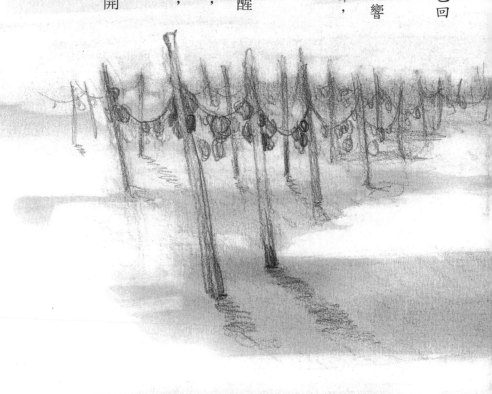

慶生晚會

太陽高掛，但是已經沒有仲夏那般赤豔了。秋高氣爽，空氣中瀰漫著花草、樹葉的香味，坐在青草地上，叫人貪心得想多吸一口新鮮的空氣。

早在月初，學校便忙著籌備雙十節的大遊行，準備參加國慶日升旗典禮。壁報比賽和校門的張燈結彩，把整個學校妝點的喜氣洋洋，煥然一新，讓人打從心底振奮起來。

博愛育幼院也感染了節日的歡喜，院裡的小弟妹在哥哥、姊姊率領下分工合作，把全院上上下下打掃了一遍。門窗、玻璃比平常更亮了，結在屋簷下的小蜘蛛網不見了，餐廳地板光潔的可以溜冰玩耍。

大家都知道有好多熱鬧的遊行可以觀看，穿上最整潔、漂亮的制服，看遊行隊伍裡的石義凡哥哥掌著大旗，雄糾糾地領頭在前面；石精孝哥哥在威武雄壯的鼓號樂隊裡，吹起嘹亮的法國號。

更令人感興趣的是一群在臺中讀大學的哥哥、姊姊，也會趁著假日來到育幼院教大家功課，做些好玩的遊戲。記得有一次還在海邊搭起帳篷露營，燒起熊熊的營火，睡夢中有一個充滿潮聲的夜晚呢。

最最放在小潘心上的，則是十月的慶生晚會！

育幼院在每個月的最後一個禮拜天，慣例都有一次慶生會。當月出生的人，圍著石奶奶做好的蛋糕，合力把蠟燭吹熄，大家都鼓掌唱起生日快樂歌。

十月的慶生會是一年中最熱鬧的一次。

小潘、宛菁姊姊、石義萍、石義凡都剛巧是十月分的壽星，巧得是新進來育幼院的八個小弟妹中，有三個人也都是十月出生。

石奶奶會送給每一位壽星一份生日禮物，也許是一支鋼筆、一隻小布熊，或是一頂小陽帽。那都是石奶奶平日細心的留意，也是每一位壽星最希望得到的禮物。

宛菁姊姊送給小潘的禮物更別緻了，一本立體童話故事書、一袋好漂亮的玻璃珠……是宛菁姊姊的爸爸寄給她的零用錢存起來買的。今年的慶生會，宛菁姊姊會記得嗎？

小潘拿著掃把一手扶著窗臺，一邊掃地。宛菁姊姊不在院裡，誰會帶著大家做遊戲呢？這麼讓人期待的晚會，失去了宛菁姊姊，會不會因此失色了？在臺北的宛菁姊姊還記得十月的慶生會嗎？

一連串疑問夾著興奮的期待，小潘想起去年的晚會上，宛菁姊姊穿著碎花紅衣和白色的荷葉裙，比起她穿著制服還要漂亮，在餐桌圍著的大廳中主持節目。

第一首帶大家唱的就是「朋友歌」。

好朋友，我們行個禮！握握手呀來猜拳，石頭、布呀看誰贏，輸了就要跟我走。

隨著音樂的節奏，宛菁姊姊鞠躬敬禮，鞋尖輕點著地板，伸出手來猜拳。荷葉裙微微張開，配合著宛菁姊姊美麗的舞姿。

唱著跳著，宛菁姊姊來到小潘面前，伸出剪刀、石頭、布，小潘卻害羞得不敢站起來！

大家都叫著：「小潘猜拳呀！小潘！」

小潘卻咬著嘴唇，羞紅了臉。

那晚的慶生會大家都表演了節目，有的唱歌、有的說謎語、還有人說笑話。雖然歌聲不好，謎語還沒說完就被人猜中了，說笑話的人只有他自己哈哈大笑；但是大家都好高興，一直玩到熄燈時，還依依不捨不肯散會。

回到寢室，只有小潘一人感到遺憾。

為什麼不敢站起來呢？

自己這麼害羞，一定讓大家也掃興了，宛菁姊姊一定很失望。

不要害羞！不要害羞！一定不要再害羞了！

小潘告訴自己，也是宛菁姊姊一再叮嚀他的。宛菁姊姊說：「我們的缺陷不是自己找來的，只是上天不公平，讓我們失去了一些東西；但是祂一定也給了我們其他的力量，譬如說給我們耐力、毅力，讓我們更堅強，去開創自己的前程。你說是嗎？小潘。」

宛菁是十月底出生的，屬於天蠍星座。

郵差伯伯的摩托車噗噗噗停在大門口，掃地的人全都跑出去，嘰嘰喳喳地把郵差伯伯圍住。

「我的信嗎？有沒有我的？」

「一定是我爸爸寄來的！」

「潘正立，潘正立的包裹！」郵差伯伯把包裹舉得高高的，怕被大家奪去一樣，焦急地叫著。

缺了鐵拐的小潘一聽，楞了一下，會是誰寄包裹來呢？想上前，卻移不動腳步，怕一跨出去又跌跤了。趕緊揮手說：「我在這裡，在這裡呀！」

郵差伯伯被大家簇擁著，滿頭大汗走過來。

大家你一嘴我一句，「哇！好棒，是包裹哪！」

「一定是禮物啦！我敢打賭。」

禮物？可能嗎？誰會寄禮物來？

長長的包裹，用厚油紙緊緊地包住，又繫了一條紅色塑膠繩，拿在手上還沉甸甸的，把大家的好奇心都鼓動起來。

「小潘，趕快拆開來看嘛！」

「哎呦，到底是什麼東西？」

摸著油紙包，心裡蹦蹦跳，已經猜著七分，只是不敢確定，會不會是——

嶄新的兩支鐵拐，緩緩從密密的油紙中出現。

「哇！鐵拐哪！」大家都歡呼叫嚷。

一張小卡片用透明膠布黏在拐柄上，上面寫著：

小潘：

祝你生日快樂！

宛菁姊姊贈

夢想的東西，一旦真的實現卻傻住了。

小潘張著嘴靠在窗臺邊，只知道看著大門外長長的馬路，用手指摩挲著這兩支嶄新的鐵拐。

大家又說：「小潘，撐起來用吧！走走看，好不好用呢？」

聽著大家的話，小潘豎直了鐵拐撐在兩脅下，一步一步跨出去，穩穩的，隱約中彷彿宛菁姊姊就在身邊，扶持著他，溫柔地告訴他：「好好走，慢慢地走，還有好長一段路呀。」

像走在沙灘上，和「小黑」一起去看蚵田的路上一樣。

長廊裡看到石奶奶站在那裡，淚流滿腮，也這麼喃喃地說：「小潘，慢慢走——」

仰頭看著石奶奶，小潘說：「這是宛菁姊姊寄來的。」

「我知道，我知道宛菁是個照顧弟妹的好女孩，我們一定要把她找回來，找回來……」

遊行的隊伍吹奏著鼓號，打從大門經過，令人振奮的樂聲，迴繞在半空中，也在小潘心裡高高低低地起伏著。

在彰化芳苑的家鄉，晴朗的藍空下，好一個涼爽的季節，風中有股花草、樹葉的香味。

十月二十六日正逢星期日慶生會。昨天是光復節，慶祝典禮一完大家都趕著回院裡，要回去餐廳布置，因為要舉行慶生晚會了。

當天從臺中來育幼院訪問的大學生哥哥、姊姊，帶來好多禮物，吃的玩的，堆在桌上像小山一樣高。

小冬冬幫著他們抹漿糊，折紙帽，咯咯笑個不停。

女生們忙著做彩球，剪紙花，做好後，男生和大哥哥們架了木梯將它們懸掛在餐廳的天花板上，大家忙得不亦樂乎。

彩球、紙花和牆壁上畫著米老鼠、小飛俠，把餐廳布置得五彩繽紛熱鬧極了。

廚房裡傳來烘焙蛋糕的香氣，好聞得叫人想流口水，甜甜的香氣把每一個人都聞得笑起來。

石奶奶和林媽媽一早便在廚房裡忙著，這個月的蛋糕是特大號的，一共有七位壽星，蛋糕不大怎麼行呢！

這些大哥哥、大姊姊不能留下來共度生日會，他們幫忙將餐桌搬到兩邊，讓中央位置空出來後，就要回去了。

「留下來吃蛋糕嘛！」

「謝謝你們，怕時間太晚，沒車子可以回去了。祝壽星們生日快樂，再見。」

這些大哥哥、大姊姊最了不起了，會唱歌跳舞，沒有一題功課難得倒他們的；給院裡帶來歡樂，也帶來許多知識，可惜他們住得太遠了，不能常常來！

每一個人都只吃一點點晚飯，留著肚子準備在晚會上好好享用糖果、餅乾和汽水，還有那個大蛋糕呀——

七位壽星坐在最中央一排，看節目表演最清楚了，大家在座位上坐好後，石奶奶和林媽媽將蛋糕上插的蠟燭點亮，燈光便忽然熄了。

「哇——好漂亮啊——」

黑暗中，蛋糕上的燭火像天上的星星，全部聚集到那蛋糕上面，由小漸亮，光明閃耀。壽星出場，「生日快樂」的歌聲隨即唱起，每一個人都拍手高聲唱。

壽星們合力「噗」的一聲將燭火吹熄。小冬冬站在最前面，吹氣也吹不好，噴口水哪，好嚇人！

石義萍姊姊是晚會的主持人，她一出場，大家都鼓掌歡迎，希望她能主持得像宛菁姊姊一樣好。

她一出場，大概太緊張了，險些滑了一跤，像表演特技的小丑，跌跌撞撞直衝到場地中央，「呀」的驚叫一聲，才站好。大家都捏了一把冷汗，石奶奶還嚇得站起來，按住心口吁了一大聲。

大家看見石義萍姊姊平安站好了，才哄然大笑！

等到一口氣喘上來，石義萍姊姊唱起：

當我們同在一起，在一起，在一起，當我們同在一起，其快樂無比。你對著我笑嘻嘻，我對著你笑哈哈，當我們同在一起，其快樂無比。

歌聲很嘹亮，但是太緊張，聽起來便有些走調，讓大家也跟著唱起來不自在。

大家一邊吃糖果、喝汽水；一邊看節目、玩遊戲……氣氛越來越熱鬧。

坐在門邊的石精孝覺得索然無味，坐立不安，也不拍手，也不唱歌，悶悶吃著糖果，咬兩口，卻又吐出來，自言自語說：「無聊，瞎起鬨！」

趁著大家玩「鬼抓人」的時候，一轉身，便溜到餐廳外去了。

夜空中星光閃爍，從王功漁港吹過來的海風，帶著鹹味，並不覺得冷，反倒覺得舒暢無比。

坐在走廊上，看著天上的星光，遙望海上漁火點點，也不知道去那裡才好。一摸襪子，裡頭藏了半截香菸，是躲在學校的廁所裡沒有偷抽完的，再摸摸口袋，沒有打火機，便朝著廚房走去。

悄悄地怕驚動大家。

不敢開燈，在爐灶上摸索，「林媽媽真會藏，把打火機藏到那裡去了？」

廚房裡油膩膩的，弄髒了一手，還要顧著腳邊的瓦斯筒，以免踢倒了，發出聲響。

一直注意腳下，一隻手卻打翻了油桶，手忙腳亂地趕快把油桶扶起來，但是那油已經潑了一地都是。

就著星光沒看見打火機，卻看見一盒火柴安安穩穩地放在爐灶邊角。用抹布擦了擦手，抹布往地下一丟，拿了火柴盒便走出去。

蹲在外面點香菸，但風太大了，連擦幾次火都被風吹熄，點不著，便又折回廚房避風處。點燃了香菸，火柴梗隨手一丟，落在抹布上。

躲在椰子樹後，便吞雲吐霧起來，充滿尼古丁的菸味把腦子薰得有些飄飄然，餐廳裡的歡笑聲，一下子便隔了好遠似的。

那根火苗猶烈的火柴梗，在沾油的抹布上煨著，不一會兒便冒起白煙，再一會兒便燒著了。

石義萍姊姊高歌一曲「捉泥鰍」，唱完，大家都拚命鼓掌。

小冬冬也跟著大家叫說：「再來一個！再來一個！」

還問坐在他旁邊的小潘說：「再來一個，好嗎？」咯咯地笑個不停。

石義萍姊姊禁不住大家熱烈的掌聲，又再唱了一首〈雞園〉。

公雞你咕咕啼快把太陽叫醒，昨夜風暴已過去，小雞不用擔心，啄飲晨露歌喉清，學我模樣最神氣，你高聲唱我來輕和，雞園拂曉朝氣新。

母雞你咕咕啼晚風徐徐幸福溢，抱蛋孵雞別無期，懷念把他藏心裡，遠看夕陽多美麗，溫暖唱支催眠曲，你低聲唱我來輕啼，雞園月夜最溫馨。

小雞你咕咕啼麻雀松鼠都來聽，展翅學飛莫分心，不怕笑話我是雞，有志竟成最得意，籬笆高空世界奇，你用力飛我招風吹，雞園午后欣欣意。

來。

她學著公雞、母雞和小雞的叫聲，賣力地唱。會唱的人也跟著她拍手唱起來。

抹布燒起來後，發出濃濃的油煙，火舌像妖魔的手掌四處探索。一陣風吹進來，沒有把火舌吹熄，反而燒得更旺，那妖魔一樣的手掌，便抓住了滾了一地的油漬，「轟」的一聲，爐灶便在火海中了。

石精孝靠著椰子樹，忽然發覺一片紅光從背後照射過來，猛一回頭，暗叫一聲：「不好了！」丟了菸頭，衝向廚房！

廚房外水龍頭下，正有一個水桶裝了滿滿的水，石精孝趕緊提起，衝進廚房，手一甩便將水沖過去！

哪知道這一桶水沖下去，不但沒將火勢撲滅，油水混雜在一起，更擴散了火勢。

石精孝忘記了老師說過的：油類火災要先關掉瓦斯，再用乾粉滅火器才能撲滅。他趕忙又接了一桶水，滿滿地再沖進去！

瓦斯桶燒得赤熱，發出嗤嗤的聲音，火勢漫著排油煙機，一直燒上屋頂，往餐廳和寢室燒去了。

餐廳裡掌聲不斷。石義凡哥哥說了一個傻女婿的笑話，傻女婿妙人妙語，從石義凡哥哥的口裡說出來，更讓大家捧腹大笑！

石義凡哥哥正在興頭上，接著不等大家請求，又自告奮勇地唱了一首〈廟會〉。

歡鑼喜鼓咚得隆咚鏘，鈸鐃穿雲霄。

盤柱青龍探頭望，石獅笑張嘴，

紅燭火呀檀香燒，菩薩滿身香，

祈祝年冬收成好，遊子都平安。

石奶奶忽然覺得背後一股熱氣極不尋常，嗶剝作響中飄來一陣焦味，淡淡的黑煙像山頂的雲霧從廚房那頭沿著天花板鋪開來。

她問林媽媽：「你有聞到什麼味道嗎？」

正含笑著的林媽媽，停下來，嗅了半會兒，覺得不對勁，趕緊站起來，要回廚房去。

石義萍姊姊忽然叫起來：「火，廚房失火了！」

話才說到一半，一聲像炸藥爆炸的巨響，從廚房中衝過來。瓦斯桶像一支火箭筒爆炸，夾帶著火焰在半空中又爆炸一次，紅色的火星紛紛墜落在屋頂上，又燃起一團火苗！

霎時間餐廳內亂成一團！

坐在裡側的人，擠著往外跑，有人慌亂中跌倒在門口，旁邊的人蹲下去扶他，後面的人卻拚命地擠壓。哭聲、叫聲、桌椅被翻倒了、汽水瓶、糖果灑了一地。濃煙嗆得大家都咳嗽起來。

石奶奶大叫：「大家不要慌！不要慌呀——」

嵌在牆壁上的電線，像炸藥的引信被火燒著後冒出火花，迅速地直燒到電燈座來。

「乒」的一聲，電燈熄了！

餐廳陷在黑暗中，奔逃的人更加慌亂，相互擠撞，朝著門口逃出去。哭聲、叫聲，像一座活地獄！

海風愈吹愈凶，火勢在風力下一發不可收拾，寢室裡已經著火。

念國中的大哥哥、大姊姊，不顧危險硬衝進寢室，將衣服、棉被、衣櫃裡的雜物，一件件從窗口扔出來，散亂地丟了整個草地。

熊熊火光中，林媽媽聽見餐廳中傳出來小冬冬的哭聲，看過去！小冬冬被小潘牽著，但被火圍住在餐廳中哭。大家都驚叫起來：「還有小潘和小冬冬呀！啊——啊——」

小潘和小冬冬被翻倒的桌椅擋著，走也走不出來，站在餐廳中央移過來移過去，避著赤烈的火苗。

這時石精孝突然闖出重圍，直衝進熊熊烈火中的餐廳，人一跳進去，門楣便帶著火焰砸落下來，險些一個正著打中他。

眼看著石精孝將生死置之度外，跳過桌椅，跳過重重障礙，到了餐廳中央！

火焰將他們三人照得紅咚咚。站在草地上的所有人，都屏住了呼吸，嘴裡只能叫著：「啊——啊——」

石精孝揹著小冬冬，再度衝出火場。

在草地上小冬冬被嚇呆了，直掙扎，不肯讓誰抱住他！哭叫著：「小潘哥哥！小潘哥哥！」小指頭指著餐廳。

石精孝一回身又跳進餐廳了。

火焰的熱氣忽然轉向高空，火苗像飄揚在旗桿上的旗幟，招舞著，向人們示威著。

石精孝的肩後揹著小潘，小潘緊抱石哥哥的雙臂，兩支鐵拐夾在下巴下，壓在石哥哥的肩頭，兩人一起衝出了火場！

石精孝一到草地，便昏倒下去。

倒是小潘不哭也不叫，牽著小冬冬，過了半晌，才哇哇大叫起來。

鎮上的消防隊、救護車，尖銳的鳴笛「咿嗚咿嗚」飛馳而至。一批聞風趕來的新聞記者，拿著相機在育幼院草地上左右跑著，喀嚓喀嚓拍下照片。

水柱噴出來時，整座育幼院已在火海中了。

照映在半空中的火光，像晚霞般的紅豔叫人害怕，叫人發抖。

小小的水柱控制不了熊熊大火，只能任它肆意燃燒。眼看著偌大的育幼院房舍，在大火中崩塌，燒成黑色的木炭，白色的灰燼……只剩殘垣頹壁。

這時大家圍著石奶奶，小小孩抱著石奶奶的腿，牽著她的裙角嗚嗚地哭了。

北雁南飛

菜市場內攤販、購物的人潮熙來攘往，人聲沸騰。

帶斗笠的菜販，殷切地招呼著：「來買菜呀！自家種的啦，蘿蔔、莧菜、空心菜、蒜苗……什麼都有。」

一清早，宛菁把店裡打掃乾淨，提著菜籃子便到市場來。老闆娘還遞給她一本小冊子，買的什麼菜，多少價錢，總價多少，都要一一登記清楚，絲毫不能出差錯的。

一位紮了兩條辮子的小女孩，也坐在小竹凳上，夾在隔鄰吆喝的菜販中，她細嫩的聲音：「油菜啊，來買油菜啊！」

看見宛菁走過來，甜甜地叫得更大聲了：「大姊姊，要買油菜嗎？很好吃的喔。」

這麼小的女孩，應該在學校裡無憂無慮地讀書，和同學在操場上玩跳圈圈、做遊戲，怎麼大清早便在市場上做生意呢？宛菁覺得奇怪，彎著腰向前問她：

「油菜怎麼賣呢？」

「一把二十塊錢，大姊姊要買幾把？」小女孩知道生意上門，高興的眼睛都亮了，抽出塑膠袋，抓了三把油菜。

「就三把好了。」沒有顧慮買這麼多回去，老闆娘會嘀咕上大半天。宛菁拿出六十塊給小女孩，卻又忍不住問她：「小妹妹，你怎麼不上學啊！」

「有喔！我的書包在這裡。」又說：「我爸媽還在園裡拔菜，他們忙，我先將油菜挑出來賣，等一下他們來了，我再上學。」

宛菁想起有一天早晨，在育幼院裡，躺在晨鳥鳴叫的床上，不想起來……

石奶奶出來叫喚：「該起床囉！大家都吃過早飯上學去了，宛菁，宛菁！」

裝著沒聽見，不理會石奶奶，心裡責怪她，大清早擾人清夢嘛！石奶奶用手輕輕推著棉被裡的自己。

自己突然翻坐起來，裝了一個鬼臉，把石奶奶嚇得跌坐在地上！還罵石奶奶說：「吵什麼吵嘛！人家頭痛嘛。」

石奶奶扶著床沿，好不容易才爬起來，又說：「啊！我去拿藥來，你好好休息——我摸摸頭看。」

提著菜籃的宛菁，想起這些往事，心裡不禁一陣絞痛，有一句話說：「人在福中不知福」，自己不正是最好的證明嗎？

賣豬肉的攤位上點了一盞黃燈，用紅色紙罩著，把一塊塊豬肉照得紅豔豔的，吸引顧客。

通道上也是很擁擠，主婦們挑精揀瘦，忙著在肉攤上和肉販們討價還價。

宛菁朝著小胖子那攤走去，小胖子的價錢公道，又不會偷斤減量，每次來買肉，宛菁都習慣到他那一攤去。

走著，忽然看見三個熟悉的背影，趕緊站著，看個仔細——那不是颱風那天，帶著兩個兒子的康先生嗎？他怎麼也來買菜了？

來市場買菜的，清一色都是家庭主婦，一個中年男人便顯得格外醒目。沒錯，藍色的西裝褲和白襯衫——是康先生。宛菁趕到他們面前去，招呼道：

「康先生，您早，怎麼也來買菜了？」

康先生看見了她也高興起來，兩個小孩也認出是宛菁，不顧市場這麼多人，哇啦啦叫著：「你是電動玩具店的姊姊，姊姊早呀！」

一個月不見了，大家相逢卻一點也不覺得陌生，反倒有一種親切的感覺。

「我送他們到幼稚園上課，先順道來買些菜，再帶他們去吃早點。」康先生說。

「你叫宛菁是嗎？宛菁，你也跟我們一道去吧。」

中年人的記性真好，還記得老闆娘叫她的名字。中年人說出這名字時，乍聽之下像極了爸爸的聲音。

老闆娘是從來不做早餐的，一睡到十一點，連著午餐一起解決。宛菁來到菜市場，有時餓得受不了，就在麵攤上吃一碗米粉羹。

康先生誠摯地邀請，宛菁遲疑片刻，便點頭說好。

兩位男孩說：「我們要吃糯米油飯，姊姊，你吃過沒有？好好吃喔。」

賣糯米油飯的攤子擺在公園旁的茄苳樹下，宛菁幾次聞過那香味，就是沒吃過。坐在圓桌旁，聞起來香味更濃了。

賣油飯的老先生，手藝靈巧，一隻竹匙在小山一樣的糯米團上撥了幾下，便裝滿一碗黃晶晶的糯米油飯，再從瓦甕裡舀起來一小匙令人垂涎的肉汁，往上一澆，油飯便端上桌了。不一會兒，又端來四個小碗的魚丸湯，也是香味撲鼻，熱氣騰騰。

兩個小男孩津津有味地用湯匙挖著油飯吃，一邊還說：「好好吃呀！明天還要來。」

宛菁慢慢吃著，心裡卻禁不住疑問，怎麼都沒有看到兩個小弟弟的媽媽呢？康先生怎麼自己來買菜，還親自送小弟弟上幼稚園，不知道該不該問？會不會冒昧呢？

終於還是忍不住問了。

「康先生，都沒有看過康太太，我想她一定很漂亮。」

「喔——」康先生停了筷子，過一會才說：「我妻子已經去世了，是癌症。」

嚇了宛菁一跳，果然問得太冒昧了，一時手足無措，趕緊說：「對不起，我不知道……」

「沒關係。」康先生微微點頭，又說：「她是個好太太，也是個好媽媽，我跑船的那些年，讓她辛苦了。」

「啊！」宛菁失聲叫起來：「康先生你也當船員？我爸爸也是啊！」

「喔，你爸爸在哪一條船？」

「勝利輪。」

「真巧，我知道！我在南非的開普敦港，遇見過他們。」

「真的？」宛菁放下筷子，興奮、緊張地呼叫起來：「那你一定看見我爸爸了！」

「我們只在那裡加水，停靠一天便走了。」

「真可惜——」宛菁失望地說。

「不過我後來聽說，他們走北極航線……」康先生說著，停下來。

「怎麼了？我爸爸他們到加拿大，是不是？」

「……大概是吧。不久我就在香港下船，回到臺灣……他們的情況，我不太清楚了……」

康先生似乎有難言之隱，話說得停停頓頓。

雖然不能確知爸爸的行蹤，但是這一絲絲的消息，已足夠宛菁高興了。爸爸的船時常在開普敦港卸貨，康先生真的看見了！

「宛菁，你在電動玩具店過得好嗎？」康先生又問。

宛菁整了整菜籃，搖頭。

「我想離開，不過還沒有找到地方。」

「你真的想離開嗎？」

宛菁點頭。康先生這才說：「我公司裡正缺一個整理檔案資料的人，你願意來嗎？」

「願意呀！」

「那太好了。」康先生說。兩位忙著吃糯米油飯的小男孩，聽見了也跟著說：「姊姊，你到我家來，可以跟我們一起玩了。好多遊戲爸爸都不會玩呀！」

宛菁笑了，這次的巧遇竟然有這麼大的轉機呢！

「我曾經也有一個女兒，和她母親一樣，身體不好。要是她還在的話，也和你一般年紀了。」

「我們以前有一個大姊姊，她跟媽媽一起到天上當仙女了，爸爸說的。」小男孩說。

「是呀！宛菁你來了，可以住在公司裡，孩子也有個伴。」

公園的茄苳樹上有一隻松鼠跳來跳去，像是不怕人，睜著圓圓的眼珠，雙手捧著果核悠閒地坐著啃吃。尾巴上蓬鬆的長毛像一把特大號的撢子，在樹枝上拂過來拂過去。

宛菁抬起頭看一眼松鼠，舒一口氣說：「我回去向老闆娘辭職，把行李整一整。」

「好，我先送阿元和小新到幼稚園，回頭就到電動玩具店接你。」

阿元和小新揮手向宛菁說：「姊姊，晚上見，我們會帶餅乾給你喔。」

來到康先生臺北的貿易公司，轉眼又一個月過去了。

宛菁在公司裡努力學習，虛心地向人家請教，把檔案整理的有條不紊，誰要找資料，不消一分鐘便可以得到。大家都讚美宛菁的勤奮、能幹，是公司的得力助手。

阿元和小新在假日總會纏著宛菁說故事，和他們玩遊戲，像是家人一樣相處融洽。

和樂融融的生活，卻仍不能使宛菁全然忘記石奶奶和小潘，總是在夜深人靜的時候，宛菁的一顆心卻分奔兩處，奔向博愛育幼院；奔向父親停靠著巨輪的碼頭。

十月二十七日，星期一，清早辦公室裡空蕩蕩的。宛菁到信箱收取報紙，睡意還未全醒，蹲下身拿起送來的羊奶，報紙從脅下掉落散開來。

宛菁不經意看見報紙的大標題寫著：「博愛育幼院，昨夜失火，院舍全毀，孤苦無依幼兒，守住院外不肯離去！」報導旁一張熊熊烈火正吞噬育幼院的照片。

宛菁手中的羊奶瓶鬆落在地上，砸得粉碎！

康先生從門外正走過來，驚訝地問說：「宛菁，你怎麼了？」

看宛菁臉色青綠，緊咬著牙齒，半晌才哭出聲：「我要回家，我要回家！」

「出了什麼事？宛菁，出了什麼事？」

康先生想穩住掙扎往外跑的宛菁，一瞥眼也看見了報紙上登載的大標題，會過意來，說：「宛菁，你冷靜一下，我們想想辦法。」

宛菁頹然坐在椅上，還叫著：「我要回育幼院，我要回去——」

康先生仔細將報紙看了一遍，說道：「屋漏偏逢連夜雨，這些孩子真是可憐。宛菁，你放心好了，我一定全力支持育幼院的整建工作。」

「真的？」

康先生扶著宛菁的肩頭，說：「是的，今天我將公司的事情交代一下，然後帶你回去。」

「謝謝，謝謝！」

「說什麼謝謝呢，為了你，為了育幼院的所有人，我都應該這麼做。」

汽車在高速公路上奔馳，宛菁和阿元、小新坐在車後座。高速公路像一條晶亮的車河，紅色、白色、黑色、藍色的大、小車子，不斷地奔流而去。

車窗外的風景，像幻燈片一張張的播映著，忽而是一條寬闊的河床；忽而是高樓大廈；忽而又是一座蒼綠的山丘……

小新不久便在車上睡著了，倒是阿元還是興致勃勃地問個不停：「宛菁姊姊，你說你家那裡靠近海邊嗎？」

阿元從來沒有看過大海，宛菁答應到了育幼院要帶他去的，阿元因此念念不忘。

「是呀，海邊有好多沙，沙灘上有貝殼，還有螃蟹、彈塗魚……拿著貝殼放在耳邊，可以聽到海浪的聲音。」

「哇！好棒，還可以看見海豚嗎？宛菁姊姊。」

「那要看你跟海豚是不是好朋友了，你要是牠的好朋友，牠一定會到海上來跟你打招呼。」

「真的！宛菁姊姊沒有騙人？」

宛菁笑著把阿元抱過來，香香他的臉，想起就要看見石奶奶了，就要看

見小潘、小冬冬、小黑和「小黑」了……忍不住的甜蜜，掩不住的怯意，看見他們的第一句話，應該說什麼呢？

忽然，阿元指著車窗外，大叫：「宛菁姊姊，你看！天上飛的是什麼？」

宛菁傾斜著身子，往車窗外的藍天看去。

一群野雁排成人字形，伸長了脖子，拍打著柔柔的翅膀，跟著汽車相同的方向，往南方飛去。

宛菁告訴阿元說：「那是野雁，牠們就要回家了！」

秋高氣爽，迤邐而行的野雁，在風中起伏地飛翔著。

帶隊的雄雁叫了一聲：「回家——」，尾隨在後的雁群也響起一連串的「回家——回家——」

當我們同在一起

小黑的媽媽要小潘暫時先住到他家裡去，小潘怎麼也不肯，寧可和大家一起擠在草地上臨時搭起的帳篷裡。共患難的心情，把每一個人的心緊緊地連結在一起。

天剛亮便有許多好心的叔叔、阿姨，從芳苑鎮上到育幼院來，帶著食物、毛毯、日常用品，看見滿目瘡痍的火災現場，都搖頭嘆息。

餘燼還在燒焦的木頭底下煨著，飄揚著煙灰。烏黑、凌亂的廢墟，還散發著溼熱，殘酷的火神彷彿意猶未盡想隨時又發威起來；只是再也沒有什麼可以燃燒的了。一夜之間大餐廳、廚房、會客室、醫務室、自習室、寢室全都不見了，只留給石奶奶和全體育幼院的小朋友無數的傷心，和瀰漫在四周的焦味。

石精孝哥哥到派出所去自首，也不知道情形怎麼樣？

小潘拿著宛菁姊姊送給他的望遠鏡，和抱著小布熊的小冬冬，陪在石奶奶身邊。

石奶奶一頭白髮更加稀疏，疲憊的臉上掛滿了皺紋，眼淚早已經流乾了。她叫大家把散落在草地的零碎雜物收拾好，招呼著林媽媽下鍋煮飯，想辦法弄些吃的給大家。

石義凡和石義萍在火堆中拿著竹竿翻挑，希望還能找些有用的東西出來。

小黑的爸媽帶著他家的大鍋子，洗了一大袋白米，在草地上架起簡便爐灶，還把他們家的桌椅也全都搬過來了。

到了傍晚，一群衣服上繡著獅子頭，頭上戴著船形帽的叔叔、伯伯，又送來許多棉被和睡袋。

一位圓臉和氣的先生，告訴石奶奶說：「請您寬心，今天看到報紙報導，大家緊急開了一個會議，大會通過，這次博愛育幼院的失火，我們將支持重建的工作，請石奶奶您放心。」

石奶奶什麼話也說不出來，只一逕地說著：「謝謝，謝謝……」

「我們已經和張校長接洽好了，張校長同意將大禮堂撥出來，供大家暫時避避風雨。」

大家聽了卻都說：「我們不要離開這裡，我們不要離開這裡。」

心中害怕，好像這一離開，大家便要失散，再也不能回來一樣。圍攏著石奶奶，哀哀地請求。

石奶奶卻說：「傻孩子，我們永遠都會在一起的，石奶奶一定等到你們都長大。」

摸著小潘的頭，告訴大家：「冬天要來了，要先找個地方棲腳才行。石奶奶會陪著大家的，還有林媽媽，還有好多人。」

又是一個涼爽的黃昏，帳篷中的人卻沒有露營的心情，火災的驚嚇勞累，小弟妹們都相互依偎著，取暖休息。

石奶奶在補綴破損衣服，一件件的用針線縫合。

石義凡在帳篷裡躺著翻來覆去，石精孝哥哥走後，他就是育幼院中年紀最大的哥哥了，小弟妹們需要照顧呀！

坐到石奶奶身邊來，從口袋裡掏出他心愛的口琴，石奶奶在好早以前送給他的生日禮物，悠悠吹起那首民謠——〈山谷裡的燈火〉。

微風涼月光淡星光燦爛，
原野間既無人又黑暗，
在那遙遠的旅途前面，
山谷中有燈火在爍閃，
遙遠見燈影記起往事，
別父母離家園斷消息，
到如今我雙親是否無恙，
禱上蒼願他們永健康，
我永遠忘不了可愛山谷，
更懷念我慈愛的母親，
山谷間靜悄悄像在靜夜。

身邊的石奶奶已化成母親的幻影，彷彿又像在離別前夕，藉著琴聲訴說自己的感恩和愛戴。

一邊吹奏著，聽琴音在晚風中飄揚，石義凡不禁感傷流淚了。

大家默默地收拾帳篷，不管有用、無用的所有東西，只要曾經是育幼院裡原有的一針一線，全都裝填起來。

陳伯伯借來一部鐵牛車，大家忙著將物品打包裝箱搬上去，沉重的心像沉重的紙箱，希望也能一併載走。大家依依不捨，回頭看著廢墟的火場，那些已經冷卻了的焦木……

忽然聽見「嘟嘟」兩聲喇叭，一部汽車停在圍牆外的大門口。

大家都放了手中的東西，站起來，詫異地看過去！

車門開了。

宛菁姊姊提著一袋行李下來。

「啊——」每一個人都長叫一聲，靜止下來，好像隔了一個世紀那麼久，才爆出：「宛菁姊姊，是宛菁姊姊啦！」

小潘和小冬冬傻住了，心先奔在身前，貼上前去。小潘兩支鐵拐彷彿被特強的地心引力吸住了，移動不得。

石奶奶定定地站著，風把她蒼蒼白髮吹散了。

一切都沉慢下來，宛菁的腳顫抖著像踩在棉絮上一般，一步、一步，走向石奶奶。

石奶奶慢慢伸出雙手，什麼話也沒說。

宛菁姊姊突然撲下去，抱著石奶奶的雙腿，說：「奶奶，我回來了。」

時間就停止在這裡，宛菁姊姊的一句話，不斷地迴繞在大家的耳中。

每一個人都笑著、哭著，被這突來的景象，作弄得不知道該怎麼辦好。

「我知道你會回來的，你一定會回來的……」石奶奶也激動地說。

冬天到的時候，春天就不遠了。

各地的慰問信和捐款如雪花般飛來。

育幼院重建的工作迅速展開，眼看著挖好地基，柱子便豎起來了。

在大禮堂的收容所裡，宛菁姊姊負擔起所有的家務。寒冷的夜裡，有了宛菁姊姊的歌聲，空氣中忽然就傳來一股暖流；菜餚雖不美味，但有了宛菁姊姊的勸菜，食物便變得好吃起來。

石精孝哥哥在除夕夜那天管訓結束，又回到了育幼院，脫胎換骨已是一個新人。

小潘還代表班上參加了演講比賽，撐持著鐵拐站在臺上，勇敢地面對著強勁的競爭者，和臺下數百人的觀眾，他充滿信心不再害羞。

雖然小潘那次演講沒有得到名次，但是宛菁姊姊答應在假日的時候，她要帶著育幼院的孩子們，黃昏時一起到王功漁港海邊戲水。在岸邊遙望著大海，欣賞夕陽餘輝彩霞漫天的美景，等待著黑白條紋相間的芳苑燈塔，亮起一閃一閃的燈光，和小弟妹們一起手牽手涉水走過淺灘、蚵田，走過那長長的堤岸。

爸爸的大斗笠

1982

陳健平一放學就歸心似箭地要回家，雖然阿昭一再慫恿他，說：「時間還早嘛，先到土地廟打場圓牌再回去也不遲啊！」

阿昭的家住在龍眼林附近，只要走三十分鐘就到家；而健平卻要走五十分鐘，如果回家晚了，爸爸會很生氣。

阿昭以為健平每次趕著回家，是肚子餓扁了，其實健平回家要忙著燒飯、餵鵝、給弟妹洗澡，有時還要到鳳梨坡地幫爸爸挑鳳梨回家。

自從健平的媽媽被滾水溪流走以後，爸爸的心情不好，常常罵他們，有時還用扁擔打他們。

回家的山路兩旁長了一排排梧桐樹林。接近傍晚，山色顯得陰沉，使小徑模糊不易辨認，躲在草叢裡的「過山刀」，扭扭地橫躺在落葉上，最多有時會有三、四條，如果不小心踩著牠們，那可有得瞧了，小腿會腫得像象腿。

誰不想到土地廟玩它個夠？三步併成兩步走，也是不得已的事。

下午孫老師拿了一疊通知單，到教室宣布，星期六下午學校舉行母姊會（家長會），同學要邀請父母，至少一位來參加……

想到了通知單，健平的書包像突然加重許多，腳步緩慢了，肩也斜了。

孫老師在降旗典禮後，還特地叫健平過來談話，說：「你爸爸已經好幾次沒來開會了。你是這學期的模範生，許多家長要跟你爸爸交換意見，記得要把通知單交給他。」

怎麼不記得？孫老師的叮嚀更加重他心裡的憂慮。

上學期的母姊會，在元旦前一個週末的下午，記得最清楚了……

那天正是寒流侵襲桐林村的日子，鳳凰木上的麻雀被凍掉下好幾隻。健平下午被孫老師留下來布置會場，抬桌子、準備茶水；活動一下筋骨，倒也不覺寒冷。

不一會，正雄的媽媽穿著有兔毛的大衣，拎著亮晶晶的皮包來了；正雄站在旁邊，穿著長棉襖，好看得令人認不出來。再不久，文全的爸爸、秀麗的姑姑和媽媽、漢堂的爸爸開著小發財到了會場……

他們一進教室，都親切地向孫老師問好。

「孫老師，吃飽麼？阮阿雄不乖，你打他屁股沒關係，別打他的手，回家筷子都拿不穩啊！」

「我生意忙。老師多教阿全算術，他頭腦不錯，就是好玩……」

「孫老師……」

孫老師和家長寒暄，被左喚一聲，右喚一聲，忙得像一只旋轉的陀螺。

來參加母姐會的家長，他們的穿著雖然不算珠光寶氣，但也是除了過年外，最講究的一次了。到場的爸爸們，哪個不是脫去了木屐，穿上皮鞋，或水亮的塑膠鞋。

桐林村的大人們，最明顯的特徵是——人人頭上一頂帽子，據說，這流行始於桐林村通車到達市區以後。從帽子時髦或落伍，來猜測他們的收穫狀況是十拿九穩的。

而健平爸爸的頭上卻是一頂斗笠，還是寬邊有鐵環的，數十年如一日。健平想：就是那種買農藥附贈的運動帽，雖然土土的，但也勝過爸爸那頂斗笠太多了。

瀏覽整間教室，最引人注意的是家長會會長戴的紳士帽，他臉上還掛了太陽眼鏡，顯得氣派又性格。

健平與阿昭兩人躲在會場的角落，吃著甜甜的白脫糖，看著鬧哄哄的場面。

忽然教室外傳來一聲粗啞地喊叫：

「哪位是孫老師啊？孫老師在不在啊？我是阿昭的爸爸！」阿昭的爸爸嚷了進來，他頭上的斗笠跟他的聲音一樣引人注目。

阿昭的爸爸把斗笠摘下來，露出像稻草似的亂髮，額頭的一綹還被汗水貼住了。他用力搧動斗笠說：

「我跟阿昭說過，我一定會來開會。剛才霧峰的殺豬仔臨時跑來，要我把十隻豬載去。明天尾牙，市場價格真好。看這裡鬧滾滾地，我以為會開完了。哇！真熱、真熱。」

「老師啊！阮阿昭在學校乖不乖？這個猴死孩子要是耍牛，請你不要客氣，打他。像我這樣辛苦供他讀書，他敢不好好讀……」

阿昭躲在健平的後面，慣有的嘻皮笑臉全不見了。

「您請放心，我們做老師的，有責任在學校教導他們。但希望他回家後，家長也能督促，這樣才會有好效果。」孫老師說。

「我哪裡有什麼辦法呢？我就是自己認不了幾個字，才把他送到學校來，請老師教。要是我自己會教，就不必送他來啦！」

說得旁邊的媽媽們都噗哧笑出來，大家都伸長脖子往這邊探看。

「老師，你們這裡的便所在何處？我一泡尿彆得快破了，稍等一下跟你談。」

阿昭的爸爸竭力壓低嗓門，但卻因會場的安靜顯得更清晰。剛才不好意思笑的人，也都爆出哄笑。

阿昭的爸爸一奪門衝向廁所，會場就掀起一陣批評。

「沒辦法啦！像他這種山底人，沒看過什麼世面，他知道什麼禮數？」

「今天母姊會咱們也該穿戴整潔，像他戴著草笠、脫赤腳，讓人以為咱們學生家長多沒水準。」

阿昭緊貼著牆壁，好像要把整個身體遁隱入牆。

不久阿昭的爸爸拉著褲頭的拉鍊，啪噠啪噠又邁回會場。

「我來了只顧說話，差一點忘了我家那個阿昭，這麼久沒看到人，會不會跑到滾水溪去了？這個溪水常常流人。阿昭！阿昭！」

阿昭的爸爸踮起腳尖，邊叫邊搜尋。大家也隨著他東張西望，急著看看誰是他的兒子——阿昭。

健平緊張的心情，絕不遜於躲在牆角的阿昭。

爸爸說好要來，卻仍不見他的踪影？如果拿爸爸的嗓門來和阿昭的爸爸比較，阿昭的爸爸只能勉強說是稍微大聲而已。

爸爸那頂大斗笠，說是祖父從越南逃難到臺灣的紀念物。沒有看過比那種斗笠更好笑的樣子——斗笠中間隆起一尖小山，上面紮了一圈鐵環，四周的帽緣有阿昭爸爸的草笠二倍寬哪！遠看，以為是頂了座設計蹩腳的涼亭，到處在走動。

爸爸若頂著他那十足土氣的大斗笠到了，會場不知會如何轟動呢？

阿昭的爸爸直朝著健平這邊走來……

「阿昭！你站在人家後面幹什麼？」阿昭的爸爸把他一把揪出來。

「我告訴你，現在跟我回去，把豬欄洗一洗。我再抓二十隻豬仔，好好飼一飼……」

阿昭被他爸爸拉著往教室外走。

「孫老師──我帶阿昭先回去了。厝內有一點事情，怕回去太晚了。」

他們出去了，正像一齣好戲落了幕。

「真是粗魯人，說走就走了，人家孫老師還沒宣布散會哪！」

健平舒了一口氣，幸好爸爸沒有來，否則像阿昭一樣，只有鑽到地洞裡去了。

「唉呦！」健平的腳踢到了一塊石頭。

到底要不要把通知單交給爸爸？爸爸已經幾次沒來參加母姊會，會不會他這次頂著大斗笠真的就來了？

為什麼爸爸就是愛戴那種寶裡寶氣的大斗笠？他就不能只在家裡戴著，出來的時候換一頂好看的，就是買農藥送的帽子也好啊！

山頭的暮雲愈積愈濃，健平低頭踢著石子，書包裡的通知單也愈加沉重。

寶藍色的天空，有幾顆星子已迫不及待地出現。在一叢叢龍眼林附近，阿昭家的房屋煙囪冒出一縷縷白煙。

快兩年了，不曾在放學回家的山路上，看見從自己家的煙囪飄出白煙來。

天黑就黑吧！「過山刀」咬了就咬吧！挨一記扁擔就挨吧！誰叫自己是沒有媽媽的人呢？

這麼一想，眼睛剎時一

陣溼濡模糊了。山崖下轟隆隆的滾水溪愈加澎湃，探頭下望，什麼也看不清。

永遠記得那一夜，那是冬至的傍晚——

媽媽和弟弟在圓桌旁搓圓仔，妹妹在一旁搖搖擺擺地學走路。

「大雪過了十五天，就是冬至啦！今天是最長的一夜，也是最冷的一天。」媽媽一邊搓圓仔一邊說。

「我敢說，我們全家最漂亮的是媽媽，最難看的是爸爸；他是最醜的第一名，妹妹愛淌口水是第二名。」小弟說得媽媽笑起來。

「小妹長大了就不會，你小時候還不是一樣，還掛一串鼻涕呢！」

「我們健平和小弟以後都是英俊的小伙子，將來娶了個好媳婦，媽媽就可以享福了。」

媽媽說的話，總是那麼貼心，讓人喜孜孜地想多聽幾句。

一陣陣刺骨寒風，從門檻的細縫鑽進來。爸爸啪噠的腳步聲，一步步由遠而近……媽媽趕緊站起來。

「健平，去給爸爸開門，媽媽去下圓仔呵！」

「阿鸞！你在家裡幹什麼呀？」

全身泥土味的爸爸，還沒進門就怒氣沖沖。

「也不知道外面冷得這樣子，那些鵝還讓牠們在外面，不怕把牠們凍死？」

媽媽從廚房出來，白撲撲的手在圍裙上搓著。

「我只顧著搓圓仔，差一點把牠們忘了，我現在就去。這些鵝也可憐啊，不知冷成什麼樣子？」

「媽——我幫你去趕鵝。」健平隨著媽媽出去。

鵝欄在曬穀場外面，底下就是急流奔騰的滾水溪，臨溪的陡坡，長著濃密的芒草。

風寒夜黑，健平和媽媽開了籬笆門，那一群呆頭鵝也不知道要進到茅草屋子裡，牠們擠縮在一起。

媽媽學鵝聲「呱呱」地趕牠們進去。

害怕又冷極了的鵝群，笨笨地站起來，摸不清方向亂闖，一擠，便把靠芒草坡的竹籬撞出了缺口。

一隻公鵝顫巍巍被推擠了下去，滑溜溜的芒草，沒有一點攀留餘地。

媽媽搶了健平手上的竹竿，以迅雷不及掩耳的速度，把竹竿一伸，正好壓住了大白鵝的翅膀。

媽媽叫道：「健平，你拿好，壓緊呦！媽媽下去把牠抓回來，你壓緊竹竿。」

四周一片漆黑，只聽見滾水溪奔瀉不止的怒吼。健平害怕極了，他緊壓著竹竿尾的鵝翅膀，那隻公鵝呱呀呱呀，似乎是又痛又驚。健平一點也不敢眨眼地看著媽媽。

媽媽才一腳跨出去，手攀的籬笆猛一抽抖，響起

竹片撕裂的巨響，這一聲像一支利矛刺進了健平的胸膛。整片竹籬被媽媽拉著直滑下去。

她叫著：「健平——健平——」，那是最淒厲最無助的呼喚。

健平手中的竹竿似乎讓媽媽猛攀拉了一下，但猛不提防他被拉得向前一跌，竹竿便不見了。

漆黑寒冷的夜，他看不清楚；但彷彿又親眼看見了媽媽驚慌、絕望地撒手離開了他和弟妹們。

媽媽說得沒錯，冬至是最長的一夜，但這不是寒冷已過的一夜，這是最寒冷的開始呀。

滾水溪兩旁留給健平的記憶，都是含著淚水。

不想再走這條山路了，不願再聽見轟隆的滾水溪聲。

但是這是回家唯一的路。

慈恩亭矗立在化龍池畔，沒有琉璃瓦，也沒有雕龍畫鳳，粗糙的像沒有完工似地。

唯一醒目的是，黃澄澄的亭蓋上面還箍了一圈鐵片，倒映在化龍池裡，像極了一頂土裡土氣的草笠，被丟棄在無人理睬的水面上。

早就有人說，慈恩亭的土氣，嚴重破壞梧桐國小的景觀，打算發起重建。但礙於亭柱上鐫刻的「第二十八屆畢業同學敬贈」字樣，遲遲未能動工。

有人認為慈恩亭的紀念價值，遠超過它的外表美醜，是不可以重建的。反對群中，居然也包括了爸爸在內——共二十多人。這一群倒不難發現他們共同的特徵——人人一頂斗笠，不同的是，斗笠的大小新舊而已。

健平望著亭蓋發呆，連孫老師走來都不知道。

「陳健平，這兩天你魂不守舍的，是不是家裡出事？」

健平搖搖頭。

「母姊會通知單是不是已交給你爸爸了？」

健平一楞，脫口說出：「沒有。」

「昨天不是特地告訴你了，請你爸爸一定要來。」

健平怯怯點頭說：「我知道，我記得。」

突然，亭蓋下飛出兩隻燕子，撞見健平，又嚇得飛進去。這時窩巢裡幾隻乳燕怯怯地探出頭來。

孫老師微微含笑說：「現在是誰煮飯給你們吃？」

「我早一點回去生火煮飯，爸爸回來炒菜。現在小弟、小妹也學會起火了。」

「今天放學，你坐我摩托車回家，我要到龍眼林的果園去看看。」

坐著孫老師的摩托車快速多了，老遠就看見山腰中的家。梧桐樹林的小路上，蹲著的是小弟、小妹。

他們看見健平與孫老師都舉手歡呼。

「大哥，今天早上你出去後，我們家的鵝生了一個蛋，好大好大喔！」

小妹把小手張開，高高抬起那個鵝蛋。健平覺得又驚奇又好笑。

他們怎麼能走這麼遠的山路，而手中的鵝蛋絲毫未損。

孫老師把小妹抱起來，嚇得她哇哇叫。惹得他們都笑起來。

爸爸剛從鳳梨山坡回來，手裡拿著鐮刀，肩扛竹籮筐，看見孫老師連忙叫道：「孫老師，來坐坐，喝杯茶。」

爸爸一進門，就隨手收拾桌上的雜物，說：「我太太去了以後，家裡亂糟糟的……」

「我知道，我知道……」

「健平很牛嗎？平日我沒空管教孩子，千萬拜託老師要好好教他。」

「咦！這頂大斗笠，我們美濃老家也保存了一頂。」孫老師注意到家裡土牆上掛著的大斗笠。

「真的？美濃那所在，也有人戴這種樣式的嗎？在我們這裡，沒有看人戴過。聽說唐山倒是很多，是不是？」父親驚喜地問。

「我想很有可能。」孫老師說：「美濃的鄉親大都由廣東遷來臺灣的。這種斗笠一直被保留著，或許是一種對故土的懷念吧。」

「對啦！對啦！老師這款少年家，能了解這一點，不愧是讀過書冊的人。我家健平，這麼小就會說：『這種款式不好看，甘願給雨淋。』我看下一代，這種斗笠要絕跡了。」

「我覺得這種大斗笠，遮陽、遮雨比什麼帽子都管用。現代的社會只注重東西的美觀，不管它實不實用。」

「我知道不僅我家健平嫌它不好看，就是桐林村的人也都嫌它古舊。我就不睬他們。」

「陳先生，這一次的母姊會，您一定要參加，健平這學期是模範生，到時候還要請您上臺說幾句話呢。」

「呵——呵，我這草地人連國語都說不好。」

請爸爸上臺說話？爸爸上臺他會說什麼呢？爸爸戴這大斗笠的怪模樣……想到這裡，健平著急得想哭了。

一下課，班上一群愛嘰嘰喳喳的女生就在說個不停。健平想看書，耳朵卻忍不住豎得尖尖的。

「阿水伯在草寮被雷公打到了，你們知不知道？草寮都燒起來，好嚇人呢！」

「警察先生跑來察看說，今年夏天已有四個人被雷公打到。」

「聽說，他們戴的斗笠很危險。」

一聽到斗笠，健平不禁放下書本，急急地問：「斗笠怎麼樣？」

「模範生連這個都不知道？」這個高大又令人討厭的女生說：「斗笠尖上不是有個鐵環嗎？閃電打下來，他們在田裡工作，閃電就從帽尖傳到他們身上，才會被電燒死的。」

「聽我爸爸說：農會已通知全部農民，把那種斗笠上的鐵環，改成塑膠的。我爸爸早都不戴斗笠了。」

真的這樣嗎？健平不敢相信！

降旗典禮結束。天色陰沉，濃雲密布，低沉的雷聲遠遠地響著，也許馬上大雷雨就要傾盆而降了。想到爸爸常在雷雨中不歇地工作，而他那頂大斗笠上的鐵環……

健平顧不得清掃工作，提起書包就直往山路奔去。

健平沒穿雨衣，雷聲和飛雲催趕著他。

他擔心的情景，隨著奔跑的腳步一幕幕出現。有什麼比失去了母親更傷痛，有什麼比失去了父親更悲慘？

雨水一滴滴下來了。

爸爸！這是母姊會的通知單，老師要我一定要交給您。

爸爸在母姊會上，會被邀請上臺講話，我要告訴同學們，不管爸爸說的怎樣，我們全都要鼓掌，把手拍紅了，也沒有關係。誰要敢開爸爸的汽水，他就麻煩了。

還有，爸爸的大斗笠——那要命的鐵環，回到家第一件事就是把它拆下來，換一只塑膠的。

雨水流了滿臉，也溼透了他的制服。

他看到了那孤獨的瓦屋，「那是我的家！」和爸爸相依為命的地方。

在不遠的鳳梨山坡地，一頂大斗笠正一起一伏地在坡地中移動。那是爸爸，果然還在工作，小妹也在他旁邊。

不知是淚水還是雨水，胸口難過極了，他放聲大叫：「阿爸——阿爸！我回來啦。」

受驚的山壁也學樣叫著：「阿爸——阿爸——」

「出了什麼事？」

爸爸問。

他氣喘吁吁地一眼瞥見那大斗笠上的鐵環，再看著父親，心中像落了一塊石頭。嘴裡卻說：「明天，明天，孫老師，請您去參加母姊會。」

「好，爸爸明天一定去。」

「哥哥，哥哥，鵝又生一個蛋了。」小妹露著缺牙的嘴，拿起籃子裡的蛋，把手舉得高高的。

爸爸摘下大斗笠說：「我這兒就要收工了，趕快一起回家吧，一會兒還會有一陣大雷雨呢。」

導讀

「家」的嚮往與「愛」的追求

張子樟（青少年文學閱讀推廣人）

在教育不普及、印刷業不發達的年代，識字是只有少數人可以擁有的特權，絕大多數的庶民並不具備閱讀的能力。因為天生的社會階級限制，他們完全沒有機會接受文字教育的陶冶。文字同時也成為君王或貴族統治一般庶民的利器，而作家只為所謂的上流社會服務，撰寫他們狹隘生活中發生的故事。因此，在十六世紀莎士比亞的劇本和十九世紀托爾斯泰的長篇巨作中，作品的角色儘是皇家或貴族的成員，一般小老百姓扮演的不是微不足道的配角，就是可有可無的跑龍套角色。

一直到十九世紀末，寫實主義盛行，去除文盲也成為檢驗國力的標準之一，閱讀必須獲得庶民的參與。作家認同這種改變，他們鬆了一口氣，作品中的角色終於不再是上流社會人士的專利，販夫走卒終於有了擔任要角的機會，甚至生活在社會底層的人物也有機會成為故事中的英雄。描繪角色時，作家把重心放在人性善惡的檢視。彰顯人性原本就是優秀作品的基本要素，少年小說亦是如此。

李潼出身平常人家，絕非大富大貴之輩。他平時行走於庶民之間，對他們的生活並不陌生。他筆下皆是你我一般的小人物。由於好作家一向都書寫他最熟悉的人物與背景，所以《激流三勇士》中三篇短篇小說的主角都是一般人，而非權貴人家。讀者讀來也不覺得陌生，不至於無法進入作者安排的特殊時空。

《激流三勇士》中三篇作品的主題都著重於宣揚「家」的嚮往與「愛」的追求。由家衍生出的愛是無與倫比的，家在青少年成長階段中也扮演非常重要的角色。在〈激流三勇士〉與〈爸爸的人斗笠〉中，都描繪了主角對家的深刻情感，即使在〈宛菁姊姊〉裡，育幼院依然扮演著家的角色。

〈激流三勇士〉講述三個青少年的冒險故事，作者充分刻畫了青少年的心態和語言。激流中的種種危險都暗喻了人生必須面對的考驗，山洪爆發後的故事情節，也展現了那個年代的家庭互動實況：雖然生活不是十分富裕，但家中的每個角色都扮演了他／她應扮演的角色。

在〈宛菁姊姊〉裡，育幼院的每個孩子都有一段不堪回首的過去。透過出走的宛菁的回憶，我們對育幼院的每個孩子有了相當程度的了解。石奶奶扮演了大家長，她事事都得深思熟慮，但不見得每樣事情都合乎院中每個孩子的期望，所以衝突無法避免。有了衝突，整篇故事便順著尋找化解衝突的妙方發展。最後，育幼院的一場大火，竟然成為眾人和解的契機。

〈爸爸的大斗笠〉中土裡土氣的父親給健平帶來某種壓力，但父親的率真性情卻是健平引以為傲的，所以他不再擔心父親將以什麼裝扮出現在母姊會上。父子之情不需看人臉色而起變化，雖然母親已經不在了，但父代母職已經讓健平深感欣慰，何需抱怨？

細細讀著，不難看出李潼對臺灣這片大地的熱愛。為了書寫不同文類的作品，他走遍了全島。他有不同於其他作者的視野，藉由情節的演化，他帶著讀者進入不同的時空，尤其是陌生的空間。讀者隨著他生花妙筆的揮灑，終於對他們一向不甚熟悉的故鄉有了極想認同的、日益清晰的輪廓。

這三篇作品凸顯了李潼創作的主軸：藉著呈現人性來追求生命中的真善美。他不賣弄故事情節、故事中沒有大奸大惡的人物、角色對話嚴肅卻不忘幽默等，在在表現出作家的永恆追求與自我約束，這也是李潼被公認為臺灣少年小說第一人的主因。

文學營

激流三勇士

作　　者：李潼
繪　　圖：曹泰容
總 編 輯：鄭如瑤
文字編輯：彭維昭
助理編輯：許喻理
美術編輯：王子昕
印務主任：黃禮賢

社　　長：郭重興
發行人兼出版總監：曾大福
出版與發行：小熊出版・遠足文化事業股份有限公司
地　　址：231 新北市新店區民權路 108-2 號 9 樓
電　　話：02-22181417
傳　　真：02-86671851
劃撥帳號：19504465
戶　　名：遠足文化事業股份有限公司
客服專線：0800-221029
E-mail ：littlebear@bookrep.com.tw
讀書共和國出版集團網路書店：http://www.bookrep.com.tw
Facebook：小熊出版

法律顧問：華洋國際專利商標事務所／蘇文生律師
印　　製：漾格科技股份有限公司
初版一刷：2014 年 10 月
初版三刷：2017 年 8 月
定　　價：250 元
ISBN：978-986-5863-41-8

國家圖書館出版品預行編目（CIP）資料

激流三勇士／李潼作 ；曹泰容繪圖.　--初版.
--新北市：小熊出版：遠足文化 發行,
2014. 10　面；　公分.

ISBN 978-986-5863-41-8（平裝）

863.59　　103016515

小熊出版讀者回函